JN259479

氷将レオンハルトと押し付けられた王女様

登場人物紹介
レオンハルト
辺境にある国境を守る
警備軍の総指揮官。
氷の如く冷たい容貌から
「氷将《ひょうしょう》」の異名がつく。
どういうわけか突然、国王に
リーザを託されて――？
リーザ
カルター王国の末席の王女。
愛妾の子で城の片隅で暮らす。
大好きな研究に没頭していたが、
国王である兄の計らいで
レオンハルトのもとへ嫁ぐ。

ジュリアス
カルター王国を治める若き国王。
いつも妹のリーザを気遣っている。
エリカ
カルター王立大学で
火薬の研究をする博士。
ヴィルヘルム
リーザの乳兄弟。
カルター王立騎士団に所属する。
リーザを護衛すべく
彼女のあとを追ってくる。
セルマ
極北レヴォントリ族の若い巫女。
一族が祀る氷神に仕え、
不思議な力を持っている。

第一章

「お前は私の妹、リーザをどう思う」

国王陛下に問われ、私、レオンハルト・ローゼンベルクは言葉に詰まった。

「リーザ殿下、でございますか」

「可愛いとか優しいとか、美しいとか」

なんだこの質問は。仮にもここカルター王国唯一の国境を守護する『氷将《ひょうしょう》レオンハルト』に向けての問《とい》なのだろうか。私にそんなことを聞いてどうするんだ？

私は動揺して、国王陛下の麗《うるわ》しき紫紺《しこん》の瞳から目をそらした。

「うーむ、リーザ様ですか」

答えにくい。国王の実妹でありながら、いまだに嫁のもらい手がない姫。

趣味が爆弾作りだということだけは、知っている。が、知っていても理解はできない。

その話にどう反応すればいいんだ。

地下牢《ろう》などの安全な場所で作業に励んでください、とでも申し上げればいいのか。

――いやぁ、私は御免ですな。あの手の娘御《むすめご》は。

思わずそんな言葉が口から出そうになった。

いや、ダメだ、こんな答えでは。

いいところもあったはずだ。顔が綺麗とか、ほかにも……顔だけは綺麗とか……

「美人ですな、非の打ちどころもなく」

「そうか、君の気持ちはしっかりと私の心に収めた」

国王陛下がとろけるようなほほえみを浮かべてうなずいた。

「どんな気持ちを、ですか？」

「リーザを美しいと言ってくれた、お前の優しい気持ちをだよ」

私は、我が国最強の論客——すなわち陛下が語る話の続きを、固唾《かたず》を呑んで待った。

「ああ、レオン」

真っ白な手袋に包まれた手を胸に当て、夢を見るような目をして陛下が言った。

「君の優しさに心からの感謝をささげよう」

——来る！　陛下の無茶ぶりが来る！

「どうか私の愛するリーザを引き取っ……じゃなかった、娶《めと》っておくれ、我が腹心《ふくしん》よ」

これはまたとんでもない一撃が飛んできた。

いやいや、これは。面白い、ハハハ。正直に認めよう。動揺して手が震えている。

「リーザをローゼンベルク家に降嫁させると、正式に決定した。ははっ、感動で声も出ないか」

「わ、私の意思は？　私の意思を、確認してない、陛下、恐れながら」

やばい！　声が裏返った！　それ以前に、ちゃんと話せてない！

「……リーザが爆弾ばっかりいじっているから、『危なすぎる』と苦情が殺到してな。兄である私は、貴族院のお偉方《えらがた》に烈火のごとく説教され、リーザは座敷牢《ろう》に軟禁されてしまった。お偉方は『リーザ姫はずっと座敷牢《ろう》に閉じこめておけ』と言っている」

陛下は自分の都合だけを並べ立て、大きくため息をついた。

麗《うるわ》しいお顔には、疲労がにじんでいる。

――危ないから、座敷牢《ろう》に閉じこめておけばいいじゃないですか！　なんで私がそんな姫君を押し付けられるんですか！

もちろん、そんなことは口が裂けても言えない。

でも嫌だ。そんな変人姫を押し付けられるのは、嫌だ。

「お前も四十だろう。年貢の納めどきだ、レオン」

年貢の納めどきくらい、自分で決めさせてくださいよ！　なんで陛下が決めるんですか！

「お前は、私に忠誠を誓ってくれたはじめての騎士なんだ。信用しているんだよ」

陛下は、よよよと目頭を押さえた。

今度は泣き落としか！　くそっ！

私は相手に泣かれてしまうと強く出られないのだ。弱点まで完璧に把握されている！

「おめでとう」

「な、何がです」

「結婚、おめでとう。お前の花婿姿が見られるんだな、嬉しいよ」

国王陛下が涙をにじませて私にほほえむ。

だが嘘泣きなのは丸わかりだ。

「陛下、あの、陛下、お慈悲を……。私は、まだ結婚なんて……」

しない！　絶対にしない！　したくない！

押し付けられてまで結婚なんかしない！　私はこの二十年、仕事一筋でやってきたんだ。今結婚して、この国の守護という重責をおろそかにしたくはない！

そもそも私が四十歳まで独身でいた理由は、認めるのもせつない話だが、多忙で婚期を逃したからだ。しかし独り身だと仕事に集中できて、むしろいいと思っている。

いや、負け惜しみなどでは断じてない。そもそも私には弟が三人、妹も三人、甥姪《せいてつ》に至っては三十人近くいるのだ。自分の子に爵位を継がせたいという願望はないし、優秀に育っている甥《おい》がいるから、彼にあとを任せようかと思っている。ゆえに、跡継ぎの問題もない。

「君の母君、極北の大巫女《おおみこ》であらせられるミラドナ様にも、すでに許可はいただいた」

なんだと、陛下はあの鬼ババ……ではなく偉大なる我が母君にまで、手を回していたのか！

「ほら、息子をお願いします、ありがたいお話感謝しますと、一筆いただいたよ」

陛下が得意げに取り出したのは、間違いなく我が母の筆跡による『結婚立会人の書面』。

い、いつの間に……！

陛下はどうしてこんなに策士なんだよ！

そういえば、陛下は去年の北方駐留軍の予算枠をどうやって拡大なさったんだろう。

貴族院の面々は、『軍にこれ以上の予算はつぎこめない！』って喚《わめ》き散らしていたのに、翌日には予算が一・五倍になっていた。

怖い。頭がよすぎる国王陛下に、口で勝てるわけがない。

あと母上！　まず、息子に一言断ってくれ。

いくら独身のまま四十になったからって、焦りすぎだ！

「取り急ぎ誓約書に一筆もらえないかな、早く話を進めたい」

「あ、ハイ」

ああ、口が……口が勝手に「ハイ」って言ってしまった。理由は簡単。逆らう気力が尽きたからである。

こうして私は、二十三歳の厄介者……ではなく、麗《うるわ》しき王女殿下を娶《めと》ることになった。

◆

わたしは、カルター王国の末席の王女、リーザ・カルター。

そしてこの国の国王陛下は、わたしのお兄様。

妾腹《しょうふく》の子だったわたしたちは、お母様が早くに亡くなり、お城のすみっこで生きてきた。

お兄様が王様になれたのは、正妃様の子全員がお姫様だったから。

実は、五年前にお父様が突然亡くなるまで、次の王は正式に決まっていなかったみたい。

この国の王位継承権は、もちろん正妃の子が優位だ。だから当然、王位継承者を決める際には、異母姉様のだれかが『女王』になるべきだ、という声が多かった。

けれど、どの異母姉様も『国の舵《かじ》取りなど無理です』と辞退された。お姫様として優雅に幸せに育った異母姉様たちは、王になるための勉強をまったくしてこなかったから。

それで五年前、当時二十二歳で政務を手伝っていたお兄様に、お鉢が回ってきたらしい。

以降お兄様は、日々仕事に追われている。それはこの国がお祖父様の代の失政で傾きかけているせい。お父様は命がけで国を立て直そうとしたものの、再建は完全にはうまくいかなかった。その負債を背負わされて、お兄様は『貧乏くじ王』なんて陰口を叩かれている。

亡くなったわたしたちのお母様は、異国からカルターの大学に留学して理学を勉強していたみたい。賢くて、向学心に溢れた女性だったと聞く。そしてお父様の目に留まり、愛妾《あいしょう》になったあとも、いろんなものをお城の塔で作っていらしたんだって。

お兄様いわく、お母様はいつも優しく明るい人だったそう。顔も覚えていないけれど、自慢のお母様。

お母様に似たのか、わたしも計算や理学にはちょっぴり自信がある。侍女には勉強より、女の子らしく刺繍《ししゅう》やダンスを学ぶべきと言われていたのだけど。

だからわたしも何かをもっと勉強してお兄様の助けになれないかって必死で考えていたある日、部屋にいると、庭のほうから声が聞こえた。

「もっと質のいい爆弾さえあれば、鉱山の採掘作業がはかどるのになぁ」

「ローゼンベルクの新しい鉱山か。大雪の山岳地帯じゃ苦労するわな」

思わずバルコニーに出て手すりから身を乗り出すと、わたしの耳に話の続きがはっきり届く。

「結局、除雪がてら手で掘るのが一番早いんじゃねえか？　きつい仕事だよなぁ」

「火薬を作るのは難しいらしいからな。今、どの国もこぞって火薬の研究してるんだろう？」

男の人たちの声は、そのまま遠ざかってしまった。

気づいたら、わたしは指の色が変わるくらい強い力で、手すりを握りしめていた。

もし火薬の研究が進めば、お兄様の取り組んでいる交通整備のための掘削《くっさく》作業もどんなに楽になることだろう。

そのとき、ひらめいてしまった。

——わたしが爆弾を作ればいいんじゃないかしら、って。

お城には山のように本がある。

その中に、爆弾の作り方が載っている本もあるはず。

わたしはいつも、お兄様から「思いつきがズレている」と怒られる。だけど、一度好奇心を感じたら、なんと言われても、思い留まれない。体が勝手に動いてしまうから。

爆弾を作ろう。そう思いついたあとの、わたしの行動は早かった。

乳兄弟《ちきょうだい》のヴィルヘルムを護衛代わりに連れて、城下町へ買い物へ向かう。そして「爆発岩《ばくはつがん》の粉末」や「黒輝石《くろきせき》の粉末」など火薬の原料を買い、自己流で爆弾作りをはじめた。

でも、一生懸命がんばったのに、わたしの爆弾はきちんと爆発しなかったのだ。

どの本に載っている製法を試しても、思いどおりにはいかなかった。

簡単にはあきらめられなくて、わたしはより一層爆弾作りに没頭した。

お兄様はカンカンになって怒ったわ。

『お前はなぜ、そんなに爆弾が作りたいんだ！』って。

だって、爆弾があればお兄様のお役に立てる。それに爆弾作りからは学ぶことが多くて、研究すればするほどハマってしまった。

——そして気がついたら、わたしは『変人姫』と呼ばれるようになっていた。

万年火薬臭くて、服はボロボロ、髪はぐしゃぐしゃ。仕方ないわ。十八歳から二十三歳になる今まで、わたしは研究一筋だったんだから。お洒落《しゃれ》に興味を持つ余裕もなかった。

みんなは楽しそうに、汚れた恰好をするわたしの悪口を言った。妾腹《しょうふく》の姫様は、生まれが悪いせいか、行動まで妙ちきりんだって。

こんなつもりじゃなかったんだけどな？

今頃わたしの爆弾のおかげで、カルターの土木工事は華麗なる発展を遂げているはずだったのに。

「あ、れ……？」

わたしは軽いめまいを感じて、おでこを押さえた。

いつからだろう、爆弾のことを考えると、めまいがするようになったのは。わたしはめまいをこらえて、長椅子に横になった。頭が重たくて仕方がない。

気分の悪さにため息をついた、そのとき――

「リーザ！」

部屋の扉の向こうから、わたしを呼ぶ声が聞こえた。

わたしは慌てて起き上がり、ふらつきながら扉を開けた。そして、驚きで目を見開く。

「おにい……さま？」

わたしが住んでいるのは、城の敷地の片隅にある、かつて物見台として使われていた高い塔。多忙なお兄様が、わたしのいる塔まで会いにくるなんて。一体どうなさったのだろう。

「リーザ、お前をこんなところに閉じこめて、すまなかった」

「閉じこめる？」

お兄様の言葉を繰り返した瞬間、ぐらりと視界が歪《ゆが》む。わたしは昔から、この部屋で暮らしていたのではなかったのかしら。一体いつ『閉じこめられた』の？

思い出そうとするが、頭がぐらぐらして、よくわからない。

「話があるんだ。やっとお前を託せる男を見つけた」

お兄様が、わたしの部屋に足を踏みいれて言う。

「なんの、はなし、ですか？」

わたしはかすれた声で聞き返した。

言葉が、うまく出てこない。お兄様に聞きたいことがたくさんあるのに。

わたしは一体、どうしてしまったの？

「お前の降嫁先が決まったんだよ、リーザ。レオンのところだ……」

びっくりするほどやつれ果てたお兄様が、そう言ってぎゅっと目をつぶった。お兄様の苦しげな表情に、心の奥がざわざわする。

何か言ってさしあげたいのに、頭が働かなくて、何も言えなかった。

お兄様の白い手袋に包まれた指が、わたしの頬を撫《な》でる。

ああ、お兄様にこんなふうに撫《な》でてもらうのは、久しぶりだ。

そう思い、わたしはゆっくりと目を閉じた。

わたしの脳裏に、銀色の二つの月が浮かぶ。不思議、綺麗な、丸い月……

なんで月が、二つ浮かんでいるのかしら……？

やがて、意識は深く沈んでいった。


——わたし、お嫁に行けるんだ！

そう思いながら、わたしはむくりと起き上がった。

あれ？　いつの間に長椅子で眠ってしまったんだろう。最近、急に眠くなることが多いなぁ……

お兄様は、いつ帰ったのかしら。

ぼーっと考えていたけれど、不意にどうでもよくなった。

そんなことより、お兄様が決めてくださった旦那様のことを考えよう。

わたしの旦那様になるのは、王立騎士団、国境警備軍総指揮官を務めておいでの、レオンハルト・ローゼンベルク将軍。この国最高の武人のお一人に数えられる方だ。

レオンハルト閣下は極北の秘境レヴォントリの巫女《みこ》を母に持つという。そして国境の街ローゼンベルクを統治する侯爵家の当主様でもある。

わたし、実は子どもの頃に、レオンハルト閣下に会ったことがある。とても優しく接していただいて、以来、たまにお姿を見かけるたびに、胸をときめかせていた。声をかける勇気はなくて、見つめているだけだったけれど。

わたしはため息を吐いて部屋の中を見回した。

テーブルの上には、お兄様が届けてくださった、彼からのお手紙があった。

『リーザ様。至らぬこともあるかと思いますが、今後ともよろしくお願いします』

それだけ書かれた、そっけない手紙だ。

でも、このそっけなさが、軍人らしくて素敵。

氷のような冷たい容貌《ようぼう》で『氷将《ひょうしょう》』と呼ばれるレオンハルト閣下は、貴族の令嬢やお城の侍女たちの憧れの的《まと》。でも、仕事一筋で近寄りがたい存在として扱われ、ずっと独《ひと》り身でいらした。

嘘みたい。ずっと憧れていた最強の将軍様の、お嫁さんになれるだなんて。

お城では顧《かえり》みられないわたしだけど、実は世界で一番幸せな女の子なのかもしれない。

そう思いながら、わたしは飾り気のない手紙に、そっと口づけをした。

◆

国王陛下に結婚話を持ちかけられてからわずか半月後、王都で結婚式が執《と》り行われた。

リーザ姫は、豪華絢爛《ごうかけんらん》なドレスを着て、繊細《せんさい》で美しいベールをかぶっている。

私にはよくわからないが、侍女たちが褒めていたので、あのドレスは大層綺麗なんだろう。

式の間、私は、異常なほど緊張していた。一方のリーザ姫は大人しくしてくださっていたので、ほっとした。お約束どおり、新郎の挨拶《あいさつ》は噛《か》みまくった。

リーザ姫を私に押し付けることに成功した国王陛下は、式の間中、上機嫌。

厄介払いができたからだろう。

リーザ姫は将軍レオンハルトという名のなんでも屋に押し付けた。

——これにて安泰。カルター国の支配者階級の方々は、正しい判断をなされた。私にとっては大迷惑な話ではあるものの。

式が終わると、花嫁は着替えのためにどこかへ連れていかれた。

ああ、疲れた。しかし、リーザ姫がどんなお嬢さんなのかさっぱりわからない。まあ、彼女はまだ若いし、世間も知らないだろうから、私が大事にしてやらねば……もし、とんでもないわがまま娘だったら、どうしよう。

「レオン。式の直後に申し訳ないが、これから軍事会議に顔を出してもらえないか」

ボーッとしていた私の控室に、陛下が顔を出す。

それって、今、私に頼むべきことなのだろうか。そう思っても、ほかならぬ陛下の頼みだ。私は頭をボリボリかきながらうなずいた。

「はい、この花婿衣装のままでいいですかな」

「衣装なんかなんでもかまわない……レオン」

陛下が私のすぐそばに歩み寄る。それから、麗《うるわ》しい顔を私の耳に寄せて囁《ささや》いた。

「どうか、リーザを頼む。お前にしか、あの子の未来を託せない」

思いのほか深刻な声音に、私は驚いて顔を上げた。紫紺《しこん》の瞳に切羽《せっぱ》詰まった光が浮かんでいるのを見て、言葉を失う。いつも薄笑いを浮かべている陛下らしくない。

陛下はすぐに私に背を向け、入り口に待たせていた近衛《このえ》隊員たちに囲まれて部屋を出ていってしまった。

「お待ちください陛下、会議の場所がどこか聞いておりませんぞ」

そうだ、花嫁のことをだれかに頼まねば。今頃、一人で心細い思いをしているかもしれない。

なんで私はこんなにも忙しいのだ……今日くらい、花嫁と過ごさせてくれてもいいのに。

◆

「リーザ様には、王都にあるレオンハルト・ローゼンベルク侯爵のお屋敷に、先に向かっていただきます」

　質素な服に着替えさせられたわたしは、侍女の言葉に、ホッとしてうなずいた。お式が終わってからずっと放っておかれて、お城に帰ってもいいのか、それともレオンハルト閣下が迎えにきてくださるのかわからず、不安になっていたところだった。

「あの、ここで待っていればいいの？　わたし、どうしていいのかわからなくて」

「はい、ローゼンベルク家の方がお迎えにいらっしゃると思います。あ、そうそう。今宵《こよい》、おしとねに入られましたら、リーザ様のほうから『旦那様、帯を解《ほど》いてくださいませ』と申し上げてください。ふん。閣下はさぞ、積極的で奔放《ほんぽう》な娘だと驚きになることでしょう。そのあとはすべて、閣下にお任せになりますように」

　侍女がつまらなそうにそう言った。

「それはどういう意味？」

「どうもこうもありません。初夜のご挨拶《あいさつ》です。女としての常識ですよ、リーザ様」

　女としての常識……それは残念ながら、わたしが持ち合わせていないものだ。

　侍女の言葉は、お兄様が教えてくださった内容と同じだった。初夜の場で何をすればいいのかとお兄様におうかがいしたら、お兄様はなぜか耳まで真っ赤になられて『レ、レオンハルトに帯を解《ほど》いてもらえばいい。あとは彼に任せるんだ。いいね、リーザ』と教えてくださった。そのことを思い出し、わたしは侍女にうなずいた。

「わかった、ありがとう。もう下がっていいわ……」

降嫁が決まってからというもの、以前から冷たかった侍女たちがますます冷たくなった。わたしが閣下に嫁ぐのが面白くないのだろうと薄々わかっていたものの、嫌われるのはやはり心が痛いものだ。

結婚式の日の花嫁って、こんなに寂《さび》しいものなのだろうか。

侍女が部屋を出ていった直後、力強くドアが叩かれる。わたしは驚いて飛び上がると、弱々しく返事をした。

「申し訳ない、遅くなって！　お迎えに上がりました。奥方様、わたしは閣下の副官のヘルマンと申す者です」

扉を開けたのは、驚くほど大柄な銀髪の男性だった。

「こ、こんにち……は……あ、あの……」

わたしは知らない人が苦手なのだ。うまく言葉が出てこず、椅子の上で縮こまる。

「あ、失礼。いきなり大男が現れたら驚きますよね。こんなナリをしておりますが、私は熊ではなく一応人間です。さ、奥方様、お手をどうぞ」

ヘルマンさんが、おどけたように一礼する。いつもイライラしている侍女より、ずっと優しそうに見えた。わたしは少しだけホッとする。そして、ヘルマンさんに手を取られ、馬車に乗せられて式の会場をあとにした。

「閣下は本当にお忙しくて、式のあとですぐに軍事会議に入ったんです。でも、会議が終わったら奥方様のところに戻られますからね」

移動中、ヘルマンさんは明るい声で色々と話しかけてくださった。わたしは貴族の館が立ち並ぶ通りを眺めながら、ヘルマンさんの言葉にうなずく。

「閣下のお屋敷は質素ですが、きっと落ち着きますよ」

今になって、わたしはだんだん不安になってきていた。わたしはお城から出たことがほとんどないし、まともに話をしたことのある男性は、お兄様と乳兄弟《ちきょうだい》のヴィルヘルムくらいだ。

心細さでにじんだ涙をぬぐい、わたしは精一杯明るい声で親切なヘルマンさんに答えた。

「ありがとうございます。今日から……閣下にきちんとお尽くしします」

ああ、今日からはお兄様ともヴィルヘルム――ヴィルとも、気軽には会えないんだ。

今更、そんな大事なことに気づいて、また涙がにじんでくる。

……ううん、今は楽しいことを考えなきゃ。

初夜って、旦那様と一緒に寝るのよね。旦那様に抱かれて寝るはず。ちゃんと事前に恋愛小説を読んで学習しているから、知っている。あの本は頭のいいヴィルが『これなら……お前に読ませてもいい……』って、選んでくれた小説だから、内容も信用できると思う。

一緒に寝たら何をお話ししようかな。わたしは動物の話をするのが大好き。元気いっぱいしっぽを振る犬や、のどを鳴らして甘えてくる猫、大空をはばたく鳥。どんな動物も大好き。自分も動物になってみたいと夢見ることもよくある。一匹の小さな獣《けもの》になって、カルターの大自然を思いきり走り回りたいなって、ぼんやり想像をするのも大好き。閣下は動物はお好きかしら。お好きだといいな……

「さ、奥方様、ここがローゼンベルク家の公邸です」

お屋敷に到着すると、五十歳くらいの女性が出迎えてくださった。

「はじめまして、奥様。私、こちらのお屋敷で働いている侍女です。まあ、こーんな可愛いお姫様がお嫁に来てくださるなんて、閣下は果報者ですこと」

大柄な女性が満面の笑みを浮かべて言った。

広いお屋敷の中を案内してくれ、寝室と、そことつながる湯殿の場所を教えてもらった。ヘルマンさんも彼女も本当に親切で、驚いてしまう。

作ってもらったスープとお茶をいただいて、わたしはようやく落ち着いた。

「お風呂に入られたら、このお部屋で旦那様をお待ちくださいね。私は朝、またご飯を作りにまいりますから。何かあったらヘルマン様か、警護の騎士様にお申しつけください」

「あ、ありがとう、ございます」

優しく笑いかけてくれた彼女に心から感謝し、お風呂で体を念入りに清めた。

「あら……？」

だが、体を清めたあと、用意していただいた寝巻きを着ようとして、わたしは首を傾げた。ずいぶん薄いし、すぐにズルズルと脱げてしまう。

わたしは帯を頼りなく巻いて寝台にちょっと横になった。今日は慣れない華やかな場にいたせいで疲れてしまったのか、頭が重い。わたしはゆっくり目を閉じた――

「……ん……あら？」

いつの間に眠っていたのだろう。誰かが毛布をかけてくれたらしい。

わたしは目を開けて上半身を起こした。そして、部屋のすみにある机に向かっている人に気づき、口元を押さえる。

そこにいたのはレオンハルト閣下だった。閣下が戻っていらしたのに、わたしはぐうぐう眠っていたのだ。

わたしはしばし、淡い明かりに照らされた閣下の横顔に見とれた。きらめく銀の短髪に、たくましい体つき、切れ長で水色の目、厳しくも端整な顔立ち。わたしの亡きお父様に『氷将』という二つ名を贈られた美貌《びぼう》は、年を重ねてもまるで衰えを見せていない。

わたしは意識がぼんやりとしたまま、閣下に声をかけた。

「閣下！」

「ん？　ああ、リーザ様、お目覚め……」

こちらを振り向き笑みを浮かべた閣下が、そのまま凍りついてわたしを凝視する。

なんだろうと思い、わたしは首を傾げた。そして、自分の体を見下ろして慌てた。

「きゃあああああ！」

寝巻きが、大きくはだけてしまっている。どうやら起き上がった拍子に体からすべり落ちたらしい。

胸を殿方にさらしてしまったことに気づき、わたしは悲鳴をあげた。

どうしよう、体を見られるなんて嫌。わたしは自分の大きな胸がコンプレックスなのに。

「ま、待て、大丈夫だ！」

閣下は椅子を蹴って立ち上がり、さっと横を向いた。

「リーザ様、いま私は何も見なかった！　大丈夫だ！」

「う、う、嘘」

「嘘ではない、私は何も見ていない、偶然見えなかった。ま、まあ、リーザ様はお疲れでしょうから、そのまま寝台でおやすみください。私はそのへんの長椅子で寝ますから、大丈夫」

……長椅子で寝る？

わたしは閣下の言葉に驚き、すべり落ちた毛布を引き寄せながら言った。

「お待ちください、閣下も寝台でおやすみくださいませ。ここを独り占めして申し訳ございませんでした」

「い、いや、別に、私は今夜はリーザ様に何かしようなんて、まったく……あの、もっとリーザ様が色々とお慣れになったらで」

閣下はなぜか真っ赤になり、わたしから目をそらしておっしゃった。

よくわからないが、避けられているようだ。

旦那様はわたしのことをあまりお気に召していないのだろうか。

だとしたら寂《さび》しいな、と思ったとき、わたしはお兄様と侍女に教わったことを思い出す。

「あ、あの、閣下、わたしの帯を解いてくださいませ」

「えっ」

閣下が、低い驚きの声をあげる。

わたしは頭と胸に毛布をかぶり、お腹のあたりだけを出そうと試みた。だが、毛布でぐるぐる巻きになり、寝台から転がり落ちてしまう。

「きゃー！」

床に転がって足をばたつかせるわたしを、閣下が慌てて寝台の上に抱き上げてくださる。

「リ、リーザ様、何をなさっておいでなのですか！」

「……ぷはっ。あのう、帯を解いてくださいませ！」

毛布から顔を出し、わたしは寝巻きの前をかき合わせたまま、もう一度閣下にお願いした。

わたしの前にかがみこんだ閣下がゴクリ、とのどを鳴らした。

「よろしいのか……あの、本当に？」

「ハイ！」

「意味は……おわかりなのかな」

「ハイ！　どうぞ、今夜からわたしを抱いて寝てくださいませ！」

そう答えた瞬間、わたしは寝台に押し倒され、閣下のたくましい体の下に組み敷かれた。

帯どころか寝巻きまで勢いよく脱がされて、わたしは慌てて胸を隠した。

頭の中が真っ白になる。服を脱がされてしまうなんて、どうしよう……

帯を解いてはもらえたが、殿方に肌をさらすのは耐えがたい恥ずかしさだ。どうしたらいいんだろう。

閣下は何も言ってくださらない。そういえばお兄様も、このあとに関しては『彼に任せるんだ、いいね、リーザ』としかおっしゃってくださらなかった……

わたしはおずおずと閣下の精悍《せいかん》な顔を見上げた。

「あ、あの、リーザ様がそのようなお気持ちでいてくださったのなら、私は嬉しい」

「えっ、嬉しいのですか？」

「え、ええ、それはまあ……驚いたけど、嬉しい。泣いて嫌がられるかと思っていたから」

閣下のお顔はとても優しい。こんなに優しい顔で殿方に見つめられたのは、はじめてだ。

そうだ。どきどきしすぎて頭から飛んでいたけれど、閣下とお話ししたいことは、もう考えてあるじゃない。わたしは胸の高鳴りを必死に抑えて、閣下の水色の目を見て問いかけた。

「あの、閣下。動物はお好きですか？　た、たとえば、えっと、獣《けもの》になってみたい、とか……」

「いえ、獣《けもの》じみた真似《まね》は決してしません！　今夜は私史上、最高に紳士として……失礼」

閣下はわたしの話をさえぎり、羽織っていた夜着を脱ぎ捨てる。無駄のない彫刻のような体があらわになった。

なんで閣下まで脱ぐのだろうか？　わたしが服を着ていないから？

腕で胸を隠しつつ考えこんでいると、閣下に抱きしめられた。

大きなたくましい体のぬくもりに触れ、不思議とうっとりしてきた。閣下はわたしの頭を抱き寄せ、長い髪を優しく撫《な》でてくださった。

「リーザ様、ちょっとお体を慣らしましょうか」

心地よさにとろけていたわたしは、びっくりして目を見張る。

「えっ、ならす……？」

「ええ、はじめてでいらっしゃるでしょうから」

そう言って、閣下はわたしの両腕を押さえつけた。

むき出しになった胸が、ふるりと揺れる。突然の出来事に悲鳴すら出ない。

「ん……っ」

唇を唇で塞がれ、わたしは声を漏《も》らした。

口づけをするのは、はじめてだ。しかも肌をさらしたままだなんて。あまりのことに、心臓が痛いほど高鳴る。

「力を抜いてください、リーザ様」

緊張で体を硬くしたわたしの腿《もも》に、閣下の手がかかる。軽々と足を開かれ、わたしはがくぜんとして悲鳴をあげた。

「いやぁ！　そんなところ、見ないでぇ……っ！」

必死に膝を閉じようとするのだが、閣下の力が強くて逆らえない。

「大丈夫です、痛いことはしないから」

「いや、何するの、怖い、怖い……っ」

閣下は大きな体をかがめ、もう一度、口づけをしてくださった。

「ん、ふ、っ」

舌先でそっと唇を舐《な》められ、体の芯がゾクリと震える。

このような場面では、妻としてどう振る舞えばいいのだろう？

わたしはゆっくりと口を開け、閣下の舌を受け入れようとした。そのとき——

「んう……っ！」

唇を塞がれたまま、わたしは声をあげた。

わたしの秘所に、閣下の指が触れたからだ。湿った足の間に太い指が沈み、ちゅくっという音を響かせる。

今まで感じたことのない、得体のしれない何かがわたしの体を震わせた。

閣下の手つきはとろけるように優しい。けれど、こんな恥ずかしいことをされるなんて——

「いや、っ、ダメぇ……そんなところ、触っちゃダメ……」

「大丈夫です、リーザ様」

「だって、だって、汚いから……ん、ふ……」

再び唇を塞がれ、わたしはぎゅっと手のひらを握った。

お兄様はわたしに説明してくれなかったが、だれもがこんなことをするのだろうか。わたしは恐る恐る閣下にうかがってみた。

「ね、ねえ、こんなこと、皆さん、なさいますの？」

「ええ」

閣下が、低い声で短く答える。落ち着いた声なのに、少し余裕がないようにも感じられた。

「しますよ、だれでも。大丈夫。だれもあなたに説明していなかったのなら、申し訳ないが」

閣下の指が、再びぬるりとわたしの奥に沈んだ。わたしの体の震えがひどくなる。

「ひ、っ、本当に？　……んあっ、や……っ、やぁっ……！」

視界が汗と涙でにじんだ。

素肌が触れるだけでも緊張するのに、こんなことまでされるなんて。

「……っ、うぅ……っ」

「うーん、やはり、ちょっと狭いかな」

閣下の指が、わたしのなかをゆっくりと行き来する。

「はぁ、は……っ」

「だれでもする」という閣下の言葉を心の中で必死に繰り返し、わたしはぎゅっと目をつぶって、閣下に身を任せる。

「失礼、リーザ様。二本入れると苦しいですか」

「にほ……ん……？　あっ、あー……ッ」

そのとき、体がかっ、と燃え上がった。

閣下の二本の指が、わたしのなかに入ってくる。そしてわたしの小さな芽のような部分を擦り、グチュグチュと音を立ててなかをかき回した。

わたしは少し腰を浮かせる。体が熱く、痺《しび》れて、疼《うず》きが止まらない。わたしの反応に満足したのか、閣下は指をズルリと抜いた。

「ひあ、っ」

指が内壁を擦ると、反射的に体が跳ねあがるほど快感が走る。

「気持ちいいですか、リーザ様」

「わ、わから……な……い」

朦朧《もうろう》としたまま、わたしは閣下の鋼《はがね》のような腕に手をかけた。

すると閣下の分厚い胸に、わたしの硬くとがりはじめた乳房の尖端が触れてしまう。

恥ずかしい。隠そうとして胸を手で覆ったが、閣下は優しくそれをどかした。口づけとともに足の間に指を這《は》わされて、もう何も考えられなくなった。

「もう少しだけ慣らしていいかな」

「な、なにを、ひ、っ」

グチャグチャに濡《ぬ》れたわたしの足の間に、閣下が再び指を差し入れた。

「あ……ああっ……」

秘部が襞《ひだ》のように閣下の指に絡みつく。わたしを見つめる閣下の額《ひたい》に、一筋の汗が伝うのが見えた。

「痛いですか、リーザ様」

「い、痛くは、あっ……」

わたしは涙に濡《ぬ》れた顔を、手で隠した。体のなかをゆるゆると攻められる感覚に声をあげ、反射的に腰をくねらせて、閣下の指から逃《のが》れようとする。

「いやあ、っ、あ、っ、あっ、ダメ……」

じわじわと絡みつくような熱さに苛《さいな》まれ、わたしは腰を浮かせて首を振った。

足の間から溢れだした蜜《みつ》のようなものが、とろりと足を流れていくのがわかる。

何が起きているのだろう。わたしはどうしてしまったんだろう。

「ずいぶんと、感度がよろしいな」

嬉しそうに閣下がおっしゃった。

わたしは恐る恐る目を開け、彼の水色の瞳を見つめる。

――そして、本能的に悟《さと》った。わたしは今から、この人に食べられるのだ、と。

「か、閣下、あの」

もう、これ以上のことは許してください。

そう言おうとしたとき、閣下がわたしを抱きすくめておっしゃった。

「申し訳ない、リーザ様。もう、我慢できそうになくて」

むき出しのわたしの乳房が、閣下の分厚い胸に押しつぶされる。

抵抗を試みて足を閉ざそうとしたが、閣下の膝にあっさりとこじ開けられた。

「ひっ」

「今から姫様を抱きます。そのまま私に身を委ねてください」

わたしの両足を肩の上に抱え上げ、閣下が顔をわずかにほころばせた。

こんなに恥ずかしいことをしているのに、幸せそうな笑顔だった。

閣下の笑みを見て、わたしのこわばった体が、わずかに緩む。

「リーザ様、痛かったら言ってください」

「あ、あ……」

わたしは首を振って目を閉じた。

この、体の芯に脈打つ熱はなんなのだろう。わたしはこれから、どうなってしまうのだろう。

「は、ぁ……」

閣下の足の間で反り返っていたものが、濡《ぬ》れそぼった秘部にあてがわれたのがわかった。そのま、すさまじい圧迫感と共にそこが押し広げられた。

「っ、あ、やあっ、痛い……！」

ミチッ、という音を立てて、体を開かれる。

薄目を開けたわたしの視界に、閣下の汗ばんだ胸が映った。

「んぁ、っ」

ぐちゅぐちゅと恥ずかしい音が響く。押しこまれた大きなものが不意に抜かれ、また入った。閣下が、濡《ぬ》れたわたしのなかをゆっくりと行き来しているのだ。

わたしは必死にもがいた。

「いや、いや、やめて……無理……体、裂けちゃう、っ」

「大丈夫、大丈夫だから」

わたしの頭を抱き寄せ、閣下がとても優しい声でおっしゃった。

「リーザ様、力を抜いて。私につかまっていい」

歯を食いしばっていたわたしは、ふと気づいた。

そうだ、閣下も汗だくだ。つらいのはわたしだけではないのかもしれない。

わたしは勇気を振り絞って、足をそうっと開いた。

「ありがとう。リーザ様もそのほうが痛くないはずだ」

「んっ」

奥深くまで、閣下のものがねじこまれる。

わたしはぎゅっと目をつぶり、体が裂けぬことだけをひたすら祈った。

「う、う、も、これ以上、無理……」

「大丈夫です、ほら」

なだめるような口調で閣下がおっしゃって、わたしの硬くなった胸の尖端をキュッ、とつまんだ。

「ひぁっ」

驚くほどの刺激が、体の芯に走り、わたしの体が跳ねた。

「こうすると、もっと濡《ぬ》れるはずだ」

咥《くわ》えこんだままだった閣下のものが、ぐいっとわたしの奥を突いた。

「あ、あ、こんな深いの、ムリ……っ」

わたしは涙に濡《ぬ》れた顔を隠すのも忘れて、閣下の腕を必死に握りしめる。

「なんて素直な可愛らしいお体をなさっているんだろう、リーザ様は」

閣下が、わたしを貫いたまま、わたしの体をぎゅうっと抱いた。そしてわたしの頭に優しく頬ずりし、再び動きだす。

くちゅくちゅという音が聞こえる。わたしの秘所が閣下のものを舐《な》めているみたいで、たまらなく恥ずかしい。

「閣下、これ、恥ずかしいっ……やめ、て」

閣下が大きな手でわたしの顔を包み、口づけをしてくださった。

どうようもなく体がほてる。くちゅり、とひときわ大きな音が、わたしの足の間から響いた。

「ん、う、うっ」

先程よりも情熱的に舌を絡められ、わたしはただ閣下を受け入れた。体を貫く閣下のものが、大きくて熱くて、少し怖い……

「リーザ様は、私とこうするのはお嫌か」

「え、い、嫌じゃない……怖い、だけ……」

怖いのはたしかだが、大丈夫かもしれない。

こんなに奥まで閣下を受け入れても、怪我一つしていないではないか。

わたしは思いきって、閣下の背中に手を回した。すると、閣下は小さく笑う。

「よかった。私もあなたをもう離したくない」

「んっ、ふ……」

再び閣下に口づけられ、わたしは目をつぶった。口内に差し入れられた舌を、同じように絡め返す。

「ん、うっ、ふぅ……ぅ」

淫猥《いんわい》な水音が激しさを増した。わたしは背を反らして、閣下の口づけを無我夢中で受け止める。

閣下の指が優しくわたしの腿《もも》を開き、わたしたちはより一層、深く絡み合う体勢になった。

閣下の巧みな動きで体を上下に揺さぶられながら、内壁を幾度も擦られる。わたしはその甘い刺激に耐えた。

「あ、ああ……この音、恥ずかし……」

くちゅくちゅという音が、静かな部屋に響き渡って、たまらなく恥ずかしい。わたしは足の間に力をこめ、なんとかその音を止めようと空《むな》しい努力を続けた。

「ひあぁ、っ、は、っ、やだ、大き……」

痛みよりも、体のなかで膨らむ熱を持て余すことのほうが、苦しくなってきた。

閣下のことを、愛おしく感じる。この体を閣下の好きにしてほしい。

「ああ、あ……っ、あ、っ、閣下の、熱い、ぃ……」

「リーザ様、ああ、なんてお可愛らしい方なんだ」

どろどろにとろけた体の芯から、蜜《みつ》がとめどなく溢れる。

どれほどの時間、閣下に抱かれていたのだろう。

朦朧《もうろう》としたわたしの耳元で、不意に閣下が「すまん」とつぶやく。

わたしのなかの閣下のものが硬くこわばり、どぷ、と熱いものが弾けた。

「んぁ、あ、あ、あぁぁっ」

わたしは叫びながら閣下の体にすがりついた。閣下はわたしを苦しいくらいに力強く抱きしめてくださる。

しばらくして、彼の腕の力がそっと緩んだ。

「すまんな、リーザ様、手荒にして……つい、夢中になりすぎた」

「だいじょうぶ、です」

閣下に体を預けたまま、わたしはかすれた声で小さく答えた。

必死で泳いでようやく陸に這《は》い上がったときのような疲労感が、わたしを包む。

「っ、ふ……」

行為の最中に比べればずっと紳士的な口づけが、唇に降ってきた。

夫となった彼の体の熱をうっとりと味わいながら、わたしは身を委ねた。

すっぽりと『旦那様』の体に包まれて、生まれてはじめての不思議な安心感を味わう。

「リーザ様からは、本当にいい香りがするな……さ、こちらにおいで」

わたしは素直にうなずき、旦那様の広い胸に頭をのせた。旦那様の腕が、わたしの背中をそっと抱き寄せる。

ああ、たしかにわたし、旦那様に抱かれて眠るんだわ……

そう思いながら、わたしは目を閉じた。

第二章

旦那様と一緒に、王都の公邸から国境の街ローゼンベルクへやってきて、三日。わたしは順調にこの街での暮らしに慣れはじめている。

ローゼンベルクは王都からとても遠かった。砕氷《さいひょう》船に乗って海を渡り、一週間も旅したの。この海路が最短経路なんですって。

ここカルター王国は、大陸から東に突き出した半島だ。大陸に接する西側に山脈が連なり、残りの三方は海に面している。『国境』と呼べる場所を有するのは、西の山脈の合間に位置する国最北の地ローゼンベルクの街だけ。

旦那様は、西のレアルデ王国、極北地方に広がる大氷原との国境を守る将軍閣下というわけ。国境を長年守り続けている旦那様は、すごく頭がいいし、将軍としての能力がばつぐん。最強なのに威張らないところなんて、本当に素敵な人だなって思う。

人に厳しいお兄様も、旦那様のことは信用なさっているみたい。

そんな旦那様と一緒に船に乗るのは、楽しかったなぁ。

新婚旅行みたいだってうきうきしていたら、あっという間にローゼンベルクに着いちゃった。

旅を思い出しながら居間で機嫌よく旦那様の襟巻きをたたんでいたら、庭の門が開く音がした。

「旦那様、お帰りなさいませ！」

わたしは玄関から、雪の積もったお庭に飛び出す。

仕事を終えて戻ってきた旦那様が顔を上げた。無表情だった彼は、わたしを見ると優しい顔になる。

「リーザ、変わりはなかったか」

「はい！」

リーザと呼び捨てにされて、なんだかもじもじしながら、わたしは表情を緩める。

リーザ。そう。わたしは旦那様のリーザになったの。

旦那様のたくましい腕を取って、暖かな居間に引っ張っていく。

「こら、リーザ。あまり急ぐな」

わたしは旦那様を振り向いてほほえみ、背伸びをして彼の頬に口づけをした。

ひげが少しチクチクする。わたしの心に、かすかな快楽が湧く。

このなんとも言えない心地よさは、旦那様に触れたときにしか感じない。旦那様がわたしに教えてくださったものだ。

「リーザ。ここは王都と違って治安がよくないから、家の外に勝手に出ないように」

「はい、わかりました」

力いっぱい抱き寄せられ、わたしは旦那様の胸に頬を押し付ける。

肩のあたりが、ひんやりと冷たかった。

「あの……お寒かったでしょう……」

「え？　ああ、雪がすごかったからな」

「夕餉《ゆうげ》は取られましたの」

「うん、兵や将官たちと食べた」

こちらに来てから、旦那様はいつも外でご飯を召し上がって、家に戻られる。

わかっていたけど、今日はまだだといいなと淡い期待を抱いていた。

地元の女性たちがわたしを訪ねて、この地方のスープの作り方を教えてくれたのだ。スープは信じられないくらいおいしく作れた。

雪の下に生える辺境の珍しいキノコをたくさん入れたスープ。

旦那様にも食べてもらいたかったが、食事が済んでいるなら仕方がない。

「どうした」

「いいえ」

わたしは首を横に振りつつ、居間に入った。

そうしたら、旦那様は鼻をひくつかせて、厨房《ちゅうぼう》に足を踏み入れる。

「あ、おいしそうなものがあるな」

旦那様は鍋のふたを開け、わたしを見た。

「リーザが作ったのか」

「は、はい！」

「じゃあ食べようかな」

薄い水色の目を細め、ほほえみかけられる。わたしは天にも上る心地でスープを温めて、カップによそった。

最近は爆弾作りを忘れるくらい幸せで、毎日が夢のよう……

機嫌のいいわたしを、旦那様がそっと抱き寄せてくれた。彼の体の熱が、わたしに伝わる。

「あの、スープは？」

抱擁《ほうよう》を解いてもらえず、わたしはおずおずと旦那様を見上げた。

「旦那様、あの……」

「スープはあとでもらおう。まずは、リーザを味わってからだ」

わたしはあまりの恥ずかしさに、うつむいた。

でも……わたしも、そのほうが嬉しいかも……


寝台で唇を塞がれ、服を脱がされる。気づけば、わたしは旦那様に跨《また》がっていた。

どうしよう。こんなふうに旦那様の上にのるのははじめてだ。

いつもと違う体勢に戸惑い、わたしは旦那様を体のなかに受け入れつつ、目を泳がせた。

「どうした」

旦那様のお声は優しいけれど、どこかからかっているようにも聞こえる。

「ん……っ、あ、あのっ」

旦那様の肌に触れているだけで、体の芯がしっとりと濡《ぬ》れてきた。

わたしのすごく深いところを、旦那様は容赦なく突きあげてくる。

身をくねらせたくなるほどの気持ちよさだ。

震える腕で熱い胸にすがりつき、わたしは上から旦那様の顔を覗きこんだ。

「あの、旦那様。わたし、旦那様にのるの、上手にできているでしょうか……」

「動いてくれないと、わからないな」

旦那様は意地悪だ。

わたしは口をへの字にし、旦那様に跨《また》ったまま、おずおずと体を前後させた。

体の疼《うず》きに合わせて、淫《みだ》らな声が漏《も》れてしまいそうになる。

旦那様の分厚い肩をつかんで、必死に声をこらえた。

屋敷に来てすぐに教えてもらったことを思い出し、旦那様に聞く。

「あ、あの、旦那様、……っ、んっ、このお屋敷、壁薄いんでしょう？」

「薄いよ、見るからに薄いだろう」

旦那様がのどを鳴らした。からかわれているのはわかる、のに、体が……

「ひ……っ、あ、ああっ」

旦那様にお尻をつっと撫《な》でられ、体温が上がる。もっと旦那様が欲しくなり、わたしはひたすら不器用に腰を動かした。ふだん旦那様がしてくださるように、抜き差しをしてみようとする。

だが途中で、乳房がみっともないくらい揺れていることに気づき、慌てて片手で隠した。

下から胸を見られるなんて、恥ずかしすぎる。

「リーザ、なぜ隠す。最高の眺めだったのに」

「あ、の、恥ずかしい、から」

「ほら、もっとその美しい足を開いて、私を気持ちよくしてくれ」

「やあ……っ、そんなの、できませ……ん、あっ、あっ、ああ……」

旦那様がわずかに腰を持ち上げると、クチュッという音を立て、わたしの秘部が旦那様のものに絡みつく。

どうしてこんなに反応してしまうんだろう。少し動くだけで、声が漏《も》れるほど気持ちいい。

これ以上何かされたら、外に聞こえるほど大きな声を出してしまいそうだ。

「も、ゆるし……て……」

わたしは哀願し、旦那様の体にしがみついて口づけする。

旦那様がわたしの髪を撫《な》で、少しのどを鳴らした。

「すまん、すまん。あまりにも反応が可愛くて、つい」

旦那様は体を起こし、わたしの顔を引き寄せて口づけをしてくださった。

突然の激しい口づけに、わたしの体の芯がきゅんっと締まる。

「ふぁ、っ、んっ」

「お前は、声も可愛い。何もかも可愛すぎる」

唇を離し、旦那様が低い声でおっしゃった。

そのまま、ひょいと両腕で抱き上げられる。旦那様自身が抜かれ、わたしの体との間に未練がましく一筋の糸を引いた。

わたしはまだ離れたくない。もっともっと旦那様とつながっていたいのに……

「よし、もう少しお前の可愛い声を聞こう」

わたしはそのまま寝台の上にそっと横たえられ、大きく足を開かされた。

手で濡《ぬ》れそぼった裂け目を隠そうとするが、旦那様は当然許してくださらない。

わたしの手首を掴んで、指に何度も優しく口づけ、旦那様はおっしゃった。

「リーザ、私が王都で見た白薔薇《しろばら》は、お前みたいに美しい花だった」

「い、いや、違う……わたし、そんなに綺麗じゃ……ん……っ」

「お前は綺麗だよ。甘い香りがして、真っ白で、芯は桃色に染まっている。白薔薇《しろばら》そのものだ」

旦那様の熱い塊《かたまり》が、焦《じ》らすようにわたしの秘裂をゆっくりと貫いた。

溢れだした蜜《みつ》が、淫《みだ》らな水音を立てる。

その音を聞いているうちに、わたしの体の芯がじんじんと疼《うず》きはじめた。

「ん、あっ……ああ、旦那様。だめ、気持ちよくしないで」

声が出てしまうからと訴えたのに、旦那様に動かれてしまったら、無理。

手近にあった小さなクッションを顔に押し付け、声を抑えた。

だがそれも取りあげられ、両手首を押さえられてしまう。

「ん……っ、あ、あああ、っ」

だめ。声を我慢できない。体の芯が溶けてしまいそう……

わたしは旦那様に激しく突きあげられ、ひたすら体をのけぞらせて快楽を逃そうとした。

「ん、うぅっ、は、あ、旦那様、ぁ……ッ」

「ここはどうだ、リーザ」

旦那様がからかうような声で囁《ささや》く。

「ひっ」

裂け目の縁にある小さな芽を指でいじられ、体がビクンと跳ねた。

「んっ、やあ、ふ、あ……っ」

秘裂の入り口を撫《な》でながら、旦那様が目を細める。

「そうか、なかも外も、どちらも感じるのか。美しくて貪欲なんて最高の奥方だな」

旦那様が満足そうにおっしゃり、ますます硬くなったものでわたしのなかを激しく突きあげた。

「ひぁ、あ、あああっ、は、ぁ、やだぁ……っ、口塞いでぇ、っ」

旦那様はわたしを掻き抱き、唇を重ねてくださった。

わたしはあまりの快感に、熱く反り返る旦那様のものを、きつくきつく締めあげる。

たくましい体に無我夢中ですがりつき、旦那様の腰にわたしの足を絡めた。そして舌も絡め、快楽の奔流に押し流されまいと足に力を入れる。

「ん、くっ、ふ……うっ」

旦那様がわたしの頭を抱き、苦しげな声で名前を呼んだ。

「リーザ」

「んっ、だんなさ、まぁ……っ、あ、ああ」

体ががくがくと震える。旦那様を呑みこんだ膣内が、耐えがたいほどに痙攣《けいれん》する。

「く……っ」

旦那様が苦しげに息を吐く。

わたしのなかで、旦那様のものが信じられないほど熱くなって震えた。

体の奥に熱の広がりを感じ、旦那様の背中を抱きしめる。

「あ、あ……だんな、さま……っ」

果てたあとは、いつも思う。

大きな体の旦那様が、可愛くて、愛おしいって。

しばらく抱き合い、口づけを交わし合ったあと、そっと旦那様が離れた。

「あぁん……っ」

ずるりという音とともに強い快感が背に走り、わたしは思わず声を漏《も》らす。

まるで甘い痺《しび》れ薬を呑まされたようだ。

このまま陶酔《とうすい》に身を任せて眠ってしまいたいくらい。

だが、わたしはがんばって起き上がり、「湯を使ってくる」とおっしゃった旦那様の背中に、湯あみ用の衣を着せかけた。「一緒に入るか？」という問《とい》には、首を横に振る。

お風呂にも一緒に入りたいのだけど、屋敷のみんなに見られてしまうのは恥ずかしい。

旦那様を見送ったわたしは、自分の体を無意識に撫《な》でまわした。

わたしの肌が、こんなに柔らかく潤《うるお》うなんて、知らなかった。内側から光を放っているみたいだ。

きっと今のわたしは、旦那様の愛で満たされているのだろう。

「旦那様……」

わたしは今まで、いろいろな人に冷たくされてきた。

妾腹《しょうふく》の王女になんて生まれないほうがよかったのかな、と思ったことも、正直ある。

でも今は、自分の体がとても愛おしい。

それもこれも、旦那様がわたしを大切にしてくださっているおかげだ。

わたしはにじんだ涙を慌ててぬぐう。幸せすぎても、涙が出るのね。

何か旦那様にお返しできるものはないかな。

たとえば、旦那様の取り組んでいらっしゃる仕事の助けになるような、強力な『爆弾作り』とか……

そう考えた瞬間、不意にめまいに襲われた。

とっさに頭を押さえ、わたしは自分に言い聞かせる。

大丈夫、いつものめまいだ。最近ちょっとひどい気もするけれど、ローゼンベルクの生活にまだ慣れていないからだ、と。

◆

カルター国王ジュリアスは、その夜、私室に一人の女を招き入れていた。

とはいえ、色事とは無縁の雰囲気だ。

彼の前に立っているのは、非常に美しい、小柄な若い女だった。冬だというのに薄い服をまとっただけの姿で、首には髪の色によく似た毛皮の襟巻きをつけている。

「セルマ殿。リーザに施した『術』はいつまで保ちますか」

ジュリアスの問《とい》に、セルマと呼ばれた女が、ゆっくり首を傾げる。

彼女の体を覆う純銀《じゅんぎん》の絹のような髪が、さらさらと水みたいに流れ落ちた。

「少なくとも、今まで私は、術を破られたことはございません」

「そうですか……」

うなずくと、やつれた顔をうつむかせ、ジュリアスはため息をついた。

「私は、妹を守るつもりでした。しかし、あなた方氷神《ひょうしん》教団の言うとおり、もう『あのこと』は、隣国に漏《も》れている可能性が大きいですね」

「はい」

あっさりと肯定したセルマに、ジュリアスは小さく笑った。

「そうですか、希望はありませんか。手厳しいことだ」

「真実は、真実ですので」

「私はあの子を、陰謀渦巻《うずま》くこの王宮から、少しでも平和な、安全な場所に送りたかった。でも、その判断は裏目に出てしまったのだな」

セルマは何も言わずに、ジュリアスの言葉に耳を傾けている。

彼女の大きな銀色の目には、なんの感情の色も浮かんでいなかった。

「隣国レアルデは、動きはじめるでしょうか」

ジュリアスの問いに、セルマがうなずく。

「動かないはずはありません。小瓶一つで岩盤を爆散させるほど威力のある火薬――それを欲しがらない国など、この世にございませんから」

小瓶一つで岩盤を爆散させる火薬……ジュリアスは、頭の中でセルマの言葉を繰り返し、しばらく口をつぐんだ。

「セルマ殿。では、もうひとつ頼まれてくれないか」

「畏《かしこ》まりました。なんなりと」

セルマはするりと膝をつき、ジュリアスのそばに跪《ひざまず》いた。

彼女の小さな手に手紙をのせ、ジュリアスが目を伏せる。

「すべてをこの手紙に記しました。リーザと、レオンハルトに届けてください。そのときに、私がしたことを罪と呼んでもかまわぬ、恨んでもかまわぬと言いそえてほしい」

「承知しました、陛下」

うなずくと、セルマは猫のように静かに立ち上がった。

「では、私は急いで、国境へ向かいます……失礼いたします、陛下」

踵《きびす》を返したセルマを、ジュリアスが呼び止める。

「セルマ殿」

「はい？」

ジュリアスの紫紺《しこん》の瞳が、蝋燭《ろうそく》の光を映してゆらゆらと揺れる。ためらいのあと、彼は血の気の薄い唇を開いて、小さな声でセルマに尋ねた。

「非業《ひごう》の死を遂げた人間の魂《たましい》は、今もこの世をさまよい続けているのでしょうか」

己が発した言葉に苦しむように、ジュリアスは唇を噛《か》みしめる。

セルマは少し首を傾げ、静かな声で彼の問《とい》に答えた。

「陛下、死せる魂《たましい》はすべて、偉大なる氷神様《ひょうしん》に抱かれて眠りにつくと言われております。陛下のお心におわすどなたかの魂《たましい》も、今は安らかに守られ、眠っていることでしょう。たとえその死がいかに悲惨なものであろうとも、いかにこの世に未練を残していようとも――……」

◆

老婦人のアルマ――彼女は私、レオンハルト・ローゼンベルクが四十になる今も、『レオン坊っちゃまの乳母《うば》』と自ら名乗り続けている。そんな彼女が屋敷に駆けつけてきたのは、私とリーザがローゼンベルクで新婚生活をはじめて、一週間が経った頃だった。

彼女の末娘のお産の手伝いを終えたあと、大慌てで来たらしい。

今回は、アルマが来ても胸を張っていられる。いつものあの愚痴を聞かされなくていいのだ。

「いつまでレオン坊っちゃまを『坊っちゃま』とお呼びすればいいのでしょう。ローゼンベルク領主の嫡男でありながら、このお年まで独り身を貫かれるなんて。ああ、嘆かわしい。弟のフェルセン様はすでに七児の父であらせられるというのに！」

……といった、耳を塞いでそのまま泣き伏したくなるような愚痴を。

「坊っちゃま！　坊っちゃま！　どこにおいでです？　奥様はどこにおいでですか！」

アルマの大きな声が屋敷に響き渡った。

「お前、慌てなくても奥様は消えたりせん！」

アルマの夫である侍従頭の叱責が聞こえる。

そこで居間の扉が開いて、アルマが飛びこんできた。

リーザが怯《おび》えて、私の背中に隠れる。愛妻は人見知りなのだ。王宮で半ば放っておかれて育ったせいだろう。そんなところも愛おしくてたまらない。

――そう、私はすっかりリーザに惚れている。初夜でやっと話すことができた彼女は、少し天然で健気で可愛くて……あっという間に心を奪われてしまった。

自分の語彙《ごい》が貧困であることが悔しくなるほど、リーザは可愛いのである。

「ああ！　奥様！　こちらが、奥様でいらっしゃいますか」

アルマが、感極まった声をあげ、私たちに向かって突進してきた。

一応この家の主であるはずの私を押しのけ、アルマが華奢《きゃしゃ》なリーザの両手を取った。

「こ、こんにちは。はじめまして……リーザです」

リーザが蚊の鳴くような声で言った。

「わたくしは、レオンハルト様が生まれた頃よりお仕えしている、アルマと申します。ああ……！」

そう言って、リーザの真っ白な細い手を取ったまま、アルマははらはらと涙を流す。

「なんて喜ばしい……ふう、それにしてもこの家の男どもは気が利かないこと」

アルマは涙をぬぐうとリーザの手を離し、顔をしかめた。

またはじまった、説教が。『この家の男ども』には、私も含まれる。いや、主に私のことだと言ってもいい。これから長ーい説教がはじまる。仕事を口実にして逃げたい。

優しい声で話しながら、アルマがリーザを居間から連れ出す。私は、慌ててあとを追った。

「おい、アルマ、リーザに何を……」

「ああ！　男どもは本当に気が利かない！　王家の姫様に、侍女すらつけずにいるなんて」

これみよがしの独り言に圧倒され、私は足を止めた。

子どもの頃から『ばあやには逆らえない』と刷りこまれているので、正直、未だに怖いのだ。心根は優しいとわかっていても。

しばらくそわそわして待っていたら、リーザがアルマに連れられて戻ってきた。

この地方の民族衣装に改めたリーザが、アルマの背後でもじもじしていた。

リーザのあまりの可愛らしさに、単純な私は一瞬で心臓を撃ち抜かれる。

ローゼンベルク家の、針葉樹と狼《おおかみ》の紋を刺繍《ししゅう》した上着に、きっちりと結《ゆ》い上げられた髪。頭にかぶせられた小さな帽子が素朴で愛らしい。

ローゼンベルク地方の衣装は、カルター王都のものに比べて飾り気が少ないのは否めない。しかし、リーザが着るとなんて輝くように愛らしいのだろうか。

「い、いつもと感じが違っていいのではないか」

「嬉しい、旦那様、ありがとうございます」

リーザは、笑顔まで清楚で可憐で可愛い。髪を結《ゆ》い上げているのも新鮮だ。

鼻の下を伸ばした私を、アルマが呆れたように見ていたのがつらかったが。

そして、夜。アルマが帰るやいなや、私はリーザを抱え上げて寝室に連れこんだ。

——毎晩こんなことできる年じゃないだろ！　落ち着け！

冷静な私が頭の中でそうツッコミを入れてくるものの、我慢できない。

いわゆる『嫁が可愛いすぎて頭が溶けちゃった』状態なのである。

ローゼンベルクの伝統衣装に手を伸ばし、私はリーザの豊かな胸元にそっと手を差し入れた。

「あ、っ、脱がせちゃだめです、着方がわからないから、っ……」

リーザが大きな瞳を揺らす。

私は襟を大きく開き、こぼれた豊かな白い胸をそっと啄《つい》ばんだ。

「んっ、ふ……っ、だめ」

リーザの小さな手が私の頭を押しのけようとするが、子猫みたいな力なのでなんの抵抗にもなっていない。

一番下の柔らかい肌着をそっとめくり、真珠のような肌をあらわにする。次いで愛する姫君の秘めたる花の粒を焦《じ》らすように撫《な》でた。

「うぅ、あっ……ぁぁ……っ」

『壁が薄いから部屋の外に声が聞こえる』と信じ切っているリーザが、とっさに口を押さえた。

こんな分厚い石造りの城館の壁が薄いなんて、ありえない。でも、リーザは非常に無垢《むく》で素直だ。戯《たわむ》れに教えた嘘を本当だと思っているのだろう。

「……っ」

華奢《きゃしゃ》な体をねじり、リーザが私の指から逃《のが》れようと抵抗した。

「あの、壁が薄いから、声が聞こえてしまうのでしょう……」

素直だなぁ、と思い、私は思わず噴き出して口づけをした。

半泣きのリーザを見つめ、もう少し意地悪をしようと決める。

「だんなさま……っあ、だめ……いや、いや！」

つっと指を動かしただけでこの反応。可愛い上に敏感で、本当に素晴らしい。

素朴で鮮やかな色合いの衣装をまとうリーザが、真っ白な足をわななかせ、私の腕を押しとどめようと、必死に私の袖を引っ張った。

「ね？　旦那様……普通に、して。指で、気持ちよく……しないで、おねが……だめぇ……」

堪《こら》えられぬと言わんばかりに上半身を起こしたリーザと、もう一度唇を合わせる。

ゆっくり指を抜いただけで、リーザの体がビクリと跳ねた。

「だんなさま、もう、きて……お願い」

この赤紫の麗《うるわ》しい瞳でおねだりされて、無視できる男はいるのだろうか。

私はリーザの衣装を剥《は》ぎとり、自分も服を脱いで肌を重ねる。

絹のごとき肌の感触を味わいながら、私は、唇を鎖骨から胸、腹に向けて這《は》わせた。

「あぁ、ぁっ、や、あ、くすぐった……っ、あ……！　ん、んくっ」

リーザが律儀に両手で口を覆い、攻めから逃《のが》れようと暴れて、寝台の上部で頭を打つ。

ごんっと間の抜けた音がしたので、慌てて顔を上げた。

「こら、そっちに逃げるな」

慌てて抱き寄せ、そっと下に引っ張り戻し、しつこく同じことを繰り返す。

いや、いやと繰り返すリーザの愛らしい声を楽しみながら、ゆっくりと秘所に指を入れた。

蜜《みつ》が指に絡まり、なんともいえない淫猥《いんわい》な音をたてる。

「旦那様、だめ、壁、かべが……うすい、からぁ、っ」

リーザの小さな足の指がひくひくしているのを見て、非常な興奮を覚えた。

この感じやすさは一種の才能ではないだろうか。

「リーザ、何が欲しいか言ってごらん」

我ながら白々しいと思いつつ、私は涙でぐしゃぐしゃのリーザの顔を覗きこんだ。

リーザの白い肌は首まで真っ赤に染まっている。

「あ……や……」

「何？　聞こえないよ」

「いや……言えな、い……」

「じゃあ、今日はやめておこうか？」

涙に濡《ぬ》れた大きな目が、私を睨《にら》みつける。

「やめないのか？」

リーザがようやく、猫の子のような小さな声でつぶやいた。

「や、やめないで……お、おねが……い」

「何をやめないんだ？」

「っ……挿《い》れて、くだ、さい……」

リーザの白珠のような肌が、羞恥《しゅうち》で桃色に染まっている。可愛すぎて爆発しそうだ。

「畏《かしこ》まりました、奥方様」

謹《つつし》んでそう返事をして、顔を覆うリーザの足を大きく開き、肩の上に持ち上げる。

彼女のなかに自身を押しこむと、ぐっと奥を突き上げた——

◆

旦那様とのローゼンベルクの暮らしに満たされすぎるせいかしら。

最近なんだか、頭がぼんやりする。頭の中に、薄く霧がかかっているような感じがするの。

おでこを押さえ、わたしはつぶやいた。

「うーん、気晴らしにお買い物に行こうかしら……」

アルマさんの姿を見て、主婦はお買い物をするらしいと知ったのだ。

ここに来てひと月が経った。その間わたしはただ家にいるだけで、なんの役にも立っていない。

アルマさんにお料理や刺繍《ししゅう》を習ったり、そり犬さんたちと遊んだり。

旦那様が帰ってきたら外套《がいとう》をお預かりして壁に吊るし、愛し合って眠るだけ。

何か役に立つことをしたい。旦那様が喜んでくれるものを買ってきてみよう。

何がいいかしら。お花とか？　あとはお野菜かな。お野菜をお皿に綺麗に載せて飾りましょう。

びっくりして楽しい気持ちになれば、疲れが癒《い》やされるかも。

わたしはきょろきょろと家の中を見回す。

アルマさんは、腰痛の湿布をもらいに行くと言って今日は早く帰ってしまった。

執事さんも何やら会合があるらしく、ここにはいない。

もちろん旦那様はお仕事だ。侍従の皆様も、忙しそうにお仕事をしている。

「よし！　買い物に行こう」

わたしは嫁《とつ》いでくるときに持ってきた荷物から、お金を取り出した。

我が『カルター王国』の金貨が、革袋に詰まっている。金貨はたしか価値が高いはず。だからこれで買い物をしてお釣りをもらえばいいだろう。

わたしは可愛らしい手提げに金貨を何枚か入れ、靴を履《は》いた。

この前お散歩に連れていっていただいたとき、市場は海沿いにあると旦那様に聞いた。探してみよう。最近は、凍った道もだいぶ上手に歩けるようになってきた。まだ明るいし、市場に行くくらいならできるだろう。

柄《がら》の悪い人もいると聞くから、目立たないよう頭にも布をかぶることにした。

それにしても寒い。旦那様にこれもあれもと、服を山のようにいただいたので、ちゃんと全部着ている。そのためか、体が倍に膨れたようで、とても動きにくい。

家を出てしばらく歩いたあたりで、男が声をかけてきた。

「お嬢さん」

見知らぬ男性だったので、わたしは無言で頭を下げた。

旦那様がいるのだから、みだりによその異性と口を利《き》くものではない。

失礼にならぬようそっと横を向き、もくもくと歩く。

……だけど、その男はじっとわたしを見ている。何かご用なのかしら？

「あなた、ローゼンベルク家の若奥様でしょ。大変ですよ、将軍様が病気でお倒れになりました」

「えっ！」

わたしはあまりのことに驚き、声をあげて男を振り返ってしまった。

立ちすくむわたしを見て、男は一瞬笑ったあと、真顔になる。

「早く行かないと、死に目に間に合わないかもしれません」

「そ、そ、そんな」

「さ！　こちらです！」

旦那様が病気だなんて。朝はいつものとおり、お元気だったのに……

滑る道で強く腕を引かれ、逆らうこともできないままよろよろと歩きはじめる。

「ねえ、旦那様の職場はこっちじゃないわ」

「こっちで倒れたんです」

「どうして？」

「その……視察中に倒れられて」

視察。たしかにそういう仕事をなさるとは、旦那様から聞いていた。その途中でお菓子を買って、ちょっと家に寄って届けてくださったこともある。

「そ、そ、そんなこと、って……」

頭が真っ白になり、涙が出てきた。

どうしよう、怖くてうまく歩けない。旦那様には無事でいてほしい。

「こっちです」

わたしは森に連れこまれ、木立の奥にあったぼろぼろの小屋に押しこまれた。わたしは分厚い毛皮を着た丸い体で転がってしまう。

厚着していたおかげで痛くなかったけれど、乱暴すぎる。

それに、旦那様の姿が見当たらない。

わたしは分厚い衣装に苦戦しながら、必死で顔を上げた。

「旦那様！　リーザがまいりました、旦那様！」

どこにいるのだろう、旦那様は。

次の瞬間、旦那様に結《ゆ》ってもらったまとめ髪を乱暴につかまれ、悲鳴をあげた。

「痛い！」

「単純な女だ。世間知らずの王女様って噂は本当だったな！」

怖い声で、男が言う。さっきまで丁寧な口調だったのに、まるで別人のようだ。

だまされた。

そのまま仰向《あおむ》けに転がされ、男と目が合った。男の目は血走ってぎらぎらとしている。

「おい、さっさと脱げ！」

態度を豹変《ひょうへん》させた男が、下卑《げび》た表情で言う。

「な……っ」

息を呑む。

男はなぜか素早く下穿《したば》きを全部脱いで、下半身を露出した。

一体何が起きているのだろう。このぎらついた、得意げな顔は何を意味するのか。

「さあ、怖いか、なんとか言ったらどうだ」

わたしは恐る恐る男の一物を見て、つぶやいた。

「えっ、ちっちゃ……」

あまりに小さくて、思わず本音が出てしまった。

目を見張った男に、わたしは慌てて付け加えた。

「あの、あの、なんて言ったらいいのか……小さすぎるわ。それに変な形。お医者様に見てもらったほうがよくてよ？」

勃《た》っていた小さなものが、みるみる萎《しお》れていく。

もしや体を汚されるのかと思ったが、杞憂《きゆう》に終わりそうだ。

「て、てめえ、調子に……の、乗りやがって……！　お、思い知らせてやる！」

下穿《したば》きを穿《は》き直しながら男が言った。

脱いだり穿《は》いたり忙しいことだ。慌てているせいか、それともモサモサな上着が邪魔なのか、なかなか上手に穿《は》けていない。

男が苛立って舌打ちした瞬間、扉をぶち破って複数人の男がなだれこんできた。

「おられました！　やはり目撃証言どおり、リーザ様です！　不審な男が服を脱いでおります！」

国境警備軍の制服を着た、たくましい男の人が叫ぶ。

「下手人を確保しろ、リーザ様を急いで外に」

もこもこの毛皮の外套《がいとう》のせいでうまく動けずバタバタしていたわたしを助け起こし、制服の男の人が外に連れ出してくれた。

小屋の中からは「なんなんだよ、あのクソ女はぁ！」と泣き叫ぶ男の声が聞こえる。

「リーザ様、ご無事でようございました。道を歩いていた街の女が、『ご領主の奥様が変な男に引きずられて、森へ連れこまれた』と教えてくれたのです。たまたま我々が見回り中でよかった」

旦那様に似た水色の目をした大きな男の人が、にっこり笑って言った。

「あなた、旦那様と一緒にお仕事されてる方？」

「さようでございます、奥方様。一度、詰め所へ行きましょう」

「わかりました。ねえ、あの男の人は病気だと思うの。病院に連れていってあげて」

男の人が、険しい表情で首を振った。

「あの男が行くのは牢屋《ろうや》です。暴行犯は、未遂であっても重い刑に処せられます」

「そうなの。暴行ですか」

暴行。そうか――わたし、危ない目に遭《あ》ったんだ。

「きちんと裁いてくださいませ。彼が暴行犯ならば、放っておけばほかの女性も危ないですから」

しみじみとつぶやく。

迂闊《うかつ》だった。旦那様の言うとおり、家にいなければいけなかったのだ。

今頃、使用人たちも心配しているかもしれない。

買い出しに行くことに浮かれ、みんなへの配慮が足りていなかったことに思い至る。

今更ながらに申し訳なくなってきた。

男の人がわたしの背に手を添え、「転ばないようにご注意ください」と言って歩き出す。

「……勝手をしてごめんなさい」

わたしは周りの方に迷惑をおかけしたのだ。申し訳なくて涙が出てきた。

流した涙が、夕暮れの迫るローゼンベルクの風にたちまち凍りつき、顔がひりひりと痛んだ。

◆

外での会合の帰り道、迎えに来てくれた部下が『暴漢に襲われかけた奥様を保護いたしました！』と報告してくれた。私は度肝《どぎも》を抜かれ、リーザが保護されているという詰め所に駆けこんだ。

リーザは、無事だった。泣いているだけで怪我ひとつしていない。

部屋の入り口に立った私は頭を掻きむしりたい思いで、泣いているリーザを見つめた。

勝手に出かけて男に襲われかけるなんて予想外だ。

心臓に悪いから、やめてほしい。

リーザが連れこまれた小屋へ踏みこんだとき、犯人の男は服を着ようとしていたが、リーザはなぜか着膨れしたまま転がっていたという。

正直、よくわからない状況である。ただ、通報してくれた女性がリーザと犯人を目撃してから、犯人を確保するまでが短時間な上に、痕跡がないので、リーザが不埒な真似《まね》をされていないことは確実のようだ。

ちなみに犯人は『あのアマ！　ふざけたこと言いやがって！　取り消せ、取り消せぇぇぇ！』と牢《ろう》の中で絶叫しているらしい。

リーザは何を言ったのだろう。お姫様育ちで、可愛いらしいことしかしゃべらない娘なのに。

「ごめんなさい、わたし、旦那様を喜ばせたくて、お買い物を……」

「危険な目に遭《あ》ったらなんの意味もない。どれだけ心配したと思ってるんだ」

「だって、喜ぶかと思って……」

何をしようと思ったのかわからないが、大人しくしていてもらえれば、私は充分嬉しい。

危ない行動をされると本当に落ち着かない。土地勘もないのに、治安がよくないこのあたりをうろうろするなんて言語道断《ごんごどうだん》だ。

リーザは桁《けた》はずれに美しく、ひ弱で、世間のことをまったく知らない。暴漢にとっては、これ以上おいしいエサもないだろう。

もうだめだ、妻を一人にしておくのが怖い。頭を抱えこんでしゃがみこむと、泣きやんだリーザが私のもとへチョコチョコと走ってきた。

「旦那様、ごめんなさい」

「本当に許さないぞ、危ない真似《まね》をして」

そう、リーザはこんなに綺麗で可愛くて危なっかしいくせに、好奇心だけは人一倍旺盛《おうせい》なのだ。

「う、う、うわぁぁぁ……」

着膨れしているせいで丸っこくなったリーザが、膝を抱えて再び泣き出す。

丸々としている姿が春先の鳥の子みたいで、ちょっと可愛い。

だが、だんだん可哀想になってきた。

充分反省しているようだし、よほど懲《こ》りたに違いない。お説教はもうやめよう。

「リーザ」

彼女を抱き起し、腕の中に閉じこめて声をかけた。

甘い香りが鼻をくすぐる。まるで花のような娘だ。

「もう勝手に出かけるんじゃない。どれだけ危険かわかっただろう」

「は、はい。わかりました」

リーザが泣きやみ、ほんのりと耳たぶを染めて胸にもたれかかる。

可愛い。だが、彼女はまた何をしでかすかまったくわからないので、油断できない。

「お前は可愛い顔をして、本当に突拍子がないことをするな」

実際のところは本気で焦ったのだが、余裕ぶってえらそうに言ってみる。

リーザがますます耳を染め、私の胸にしがみついた。相変わらず芯から素直な娘だ。そのおかげでみっともなく狼狽《ろうばい》しているのを誤魔化《ごまか》せたけれど……

「だ、旦那様」

「リーザ……」

お互いに手を伸ばし、改めてひしと抱き合う。

ああ、可愛い。妻が可愛くてたまらない。でも、だからこそ色々と心配だ。

「さ、リーザ。部下たちに送らせるから屋敷に帰りなさい。今度は勝手に出かけるんじゃないぞ」

リーザを送り届け、砦《とりで》で山のような仕事を終えた帰り道。

私は甲高い子犬の鳴き声に気づいて足を止めた。

「おお、どうした。可哀想に」

道端にかがみこみ、鼻水を垂らす子犬の顔を覗きこんだ。

箱の中で毛布にくるまれて悲痛な声をあげている。

「よしよし、私の館に一緒に行こうな」

——不肖《ふしょう》レオンハルト・ローゼンベルクは、こうして今年十一匹目の犬を拾った。

この中途半端な優しさ、我ながら本当に嫌になる。

飼い主探しに奔走《ほんそう》する羽目になるのに、なんで拾ってしまうんだろう……

家中の者に『領主として、王国の将軍として、ほかにやることがあるはずだ』と怒られるにもかかわらず。そんなこと、人に言われなくても、自分が一番、痛いくらいよくわかっている。

私の腕の中で、目が開いたばかりであろう子犬がキュウキュウと鳴く。親を探すときの鳴き声のようだ。病気がないかどうか、犬のことに詳しい召使いに見てもらおう。

子犬をくるんでいる冷えきった毛布をはずし、自分の襟巻でくるみ直した。

「おお、お前はいい毛並みをしているな」

よく見ると、捨て犬は銀色まじりの黒茶の毛をしていた。幼いものの、顔つきは精悍《せいかん》だ。狼《おおかみ》の血がまじっているのかもしれない。だとしたら捨てた人間は、宝を放り出したことになるだろう。狼犬は、最高のそり犬に成長する。

子犬を抱いて帰路を急ぐ。

北の街は決して豊かとはいいがたく、民度も高くはない。娼婦《しょうふ》が生み捨てた子が道端で悲痛な泣き声をあげているときさえある。

「はぁ、気が重いなぁ」

どんなに私ががんばったって、この街の財政事情も治安も文化的成熟度も、まるで向上しない。悪くならないだけマシなのかもしれない。

しかし、私はなんのためのローゼンベルク領主なのか。『氷将レオンハルト』なんて立派な名前で呼ばれる資格が、私にあるのか。悶々《もんもん》としながら、私は我が家の扉を開いた。

「旦那様ーッ！　今日は申し訳ありませんでした！　お帰りなさいませ」

リーザが満面の笑みで飛び出してきて、雪まみれの私に抱きついた。まったく、本当に反省したのか。そう思いつつも、私も笑顔になり、リーザに懐《ふところ》の子犬を差し出した。

「まあ！　可愛い子犬！」

子犬を抱いて、リーザは笑顔のままくるくると回る。子犬も遊んでもらって嬉しいのか、パタパタとしっぽを振った。

「可愛いです、お家でそり犬さんに育てましょう、旦那様！」

私は内心胸を撫でおろす。よかった。リーザは本当に動物が好きなようだ。

「名前もつけてやってくれ」

「はぁい」

子犬に頬ずりしながら、リーザは大きな目を輝かせた。


「――で、ポン……タロス……」

「はい、あの子はポンタロスという名前にしたいです、旦那様！」

寝巻きを羽織ったリーザが、嬉しそうに言った。

私が拾った子犬に名前をつけたらしい。召使いたちの許しも得て、子犬はこの家の一員になった。

台所の暖炉のそばでぐっすり眠っている子犬には、将来はそり犬として活躍してもらおうと思っている。

話は戻るけど、教えてくれリーザ。ポンタロスって何？　どういう意味なんだ？

あいつは生涯『ポンタロス』って呼ばれるわけ？　それ、ちょっと悲しすぎはしないか？

「ポンタロスという名前、お気に召しませんか？」

リーザが愛らしい顔を曇らせた。

「じゃあ、ジュリアスっていう名前にしようかな。お兄様みたいな賢い犬になるように」

ちょっと待て、どうしよう、この超感覚の持ち主。

「じゃあ」の次に、なんで兄君の名前が候補に出てくるんだ？

国王陛下の名前を犬につけてる将軍って、どう考えてもまずいだろう。

「うーん、やっぱり、ポンタロス……でいいかな……」

何を勝手に納得したのか、リーザがそうつぶやいた。

私は慌てて細い肩を抱き、猫撫《な》で声を作って、たった今思いついた名前を口にする。

「シュネーはどうだ、『雪』という意味だ。毛の色に雪の輝きが混じっているし」

「そうですか？　ポンタロスはだめですか……」

リーザが寂《さび》しげに言い、こちらに背を向けてしまう。

「だめではないが、そり犬に育てたいんだ。そりを引かせている間は街中で名前を呼ぶこともあるし、その、普通の名前にしよう」

リーザは答えない。なぜ、何も言ってくれないんだろう。

その珍名じゃなければ、納得してくれないのか。

街中で犬ぞりを走らせながら「ポンタロス！　右！」と叫ぶ自分の姿を想像する。

うん、犬も自分も可哀想すぎて無理だ。

「なあ、リーザ」

背を向けた奥方の顔を覗きこもうとすると――

「わっ」

リーザがくるりと振り返り、笑いながらしがみついてきた。

「今日は少しお早いお帰りだから嬉しい！　あの、よろしければ、可愛がってくださいませ」

頬を真っ赤に染めて、リーザはねだる。

結局犬の名前はどうなったのかな、と思いつつ、単純な私はつい、うなずいてしまった。

「やぁっ……ぜったいおっきい……っ」

大きく足を開かせ、攻め立てていたリーザの言葉に、思わず動きを止めた。私の息子がびくりと反応する。

「あぁ……ぜったいおっきい……。あのひとより、おっきい」

大きな美しい瞳をうるませ、唇を濡《ぬ》らしながら、リーザがあえぐ。

「リ、リーザ……」

すごくイイところだったのに、全身から冷や汗が一気に噴き出す。

何を言っているのか、我が最愛の妻は。だれと比べているのだ。なんの大きさを比べているのだ。

「おっきいっ、あのひとより、ぜったい……んっ」

私の二の腕にすがりつく細い指に力がこもった。濡《ぬ》れたリーザの秘部がくちゅくちゅとあられもない音を立てて、私のものを貪欲に喰らいつくそうとする。

「ふぁ、ああ……やだぁ、この、音、はずかし、っ」

それにしてもいつの間にこんな床上手になったのだ、リーザは。抱くたびに戦慄《せんりつ》を覚える。

「旦那様、わたし、一人でいくの、イヤ」

「う、うん」

とりあえずもう一度精神を集中させせた。柔らかくとろけるような体を抱き寄せ、体中に口づけを落とす。

「好き、旦那様、好き……」

リーザの真っ白な乳房を、汗が伝っている。きつく締めあげてくるときの喘《あえ》ぎ声といい、涙で濡《ぬ》れた顔といい、なんと官能的であることか。

「ん、あっ、あ……っ、あー……」

「どうした？　気持ちいいか」

「っ、い、いで……す、っ……はぁ、っ、あ……っ、は、っ」

ゆるゆると攻め立てるだけでこの反応のよさ。快楽をやり過ごそうとしているのか、私が強引に開かせている足を、なんとか閉じようとする仕草が愛らしすぎる。

美しく妖艶《ようえん》なリーザのおかげで、私は一緒に果てることができた。

甘えてくるリーザをもう一度抱きしめ、毛布を華奢《きゃしゃ》な体にかけ直す。

私の腕の中で満たされた笑顔をしているリーザを恐る恐る見つめた。

——大きいって、だれと比べたんだ？

いや、さすがに聞けない。聞きたいけど、聞けない。恐ろしすぎる。

「旦那様、大好き。浮気したらわたし、爆発するから、絶対」

リーザが満足げにそう言って、大きな目を閉じる。

なぜリーザが爆発するんだ。たぶん彼女なりの嫉妬《しっと》の表現なのだろうが。

「おやすみなさい、旦那様ってあったかい」

リーザの笑顔は、幸福な若妻の表情に見えた。いつもと同じように甘く美しく、不貞の陰など微《み》塵《じん》も見えない。

「お、おやすみ」

だが、温かな体を抱きしめているのに、私は身も心も冷えていた。

リーザは、嫁《とつ》いできた夜は清い体だったはず。その彼女が、いつだれの何を見て、『夫のほうが大きい』などと言い出したのだろう。

怖い。もしかして、息子の大きさについてリーザは言及しているのだろうか……

だとしたら自分はこのまま速やかに死ねる。いや待て、死んでたまるか。何も知らぬ清らかな彼女を汚した不届き者が、このローゼンベルクにいるかもしれないのに！

そんな男が仮にいるのだとしたらぶっ殺……ああ、いかん。己の身分にあるまじき品のない発言をしそうになった。しかし、間男がいるのだとしたら、絶対にぶっ殺す。

――そんな繊細《せんさい》な私の心に、さらなる無慈悲な一撃がくだされたのは、翌日のことだった。

早すぎだろうが、追撃が。

第三章

「レオンハルト様、王都からのお客人がお見えになりました。国王陛下の書状と、王立騎士団近衛《このえ》騎士隊の身分証をお持ちでいらっしゃいます」

朝も早くから、執事に招かれて部屋に入ってきたのは、背の高く若い男だった。

執務室で仕事をしていた私は、執事に下がるよう目配せをし、男に向き直る。

漆黒の髪に金色の瞳。鍛《きた》えあげた体に、どこか異国風の香りが漂《ただよ》う端整な顔立ち。

若い男には厳しいおっさんの私の目から見ても、非の打ちどころのない美青年である。

「私は、国王ジュリアス陛下より密命をたまわり、まいりました。ヴィルヘルム・アイブリンガーと申します」

アイブリンガー……？　聞いたことあるな——思い出したぞ。

彼は我がカルターの王立騎士団の精鋭中の精鋭、近衛《このえ》隊の隊員だ。

この美青年は、いつも陛下のおそばに、彫像のような無表情で立っていたではないか。

それに、彼の胸に輝く『黒騎士褒章《ほうしょう》』は、『精鋭の証《あかし》』だ。騎士養成学校を入学から卒業まで主席で過ごし、かつ、王立騎士団の少将以上の者のすべての者の同意を得た者にのみ与えられるもの。

たしか最近、五十年ぶりに発行されたと聞いた。これはとんでもない『お客様』だな。

「ご苦労」

私は彼に差し出された国王の証書を受けとり、身分証に目を通して青年に返す。

「確認した。密命とはなんだ」

「はい、半月前、国王陛下が私に……」

青年が話しはじめたとき、部屋の扉を叩きながらリーザが顔を出した。

「旦那様ぁ、あのぉ……あらぁ、ヴィルじゃない！」

のんびりした声がはずむように私達の会話に割り込む。

「どうしたの、遊びに来てくれたの」

リーザが抱いていたポンタロスを私に預け、楽しげに指を組み合わせた。

なんだと、リーザは、彼と、知り合い……なのか……

こんな非の打ちどころのない美青年、しかも超精鋭の騎士と、リーザは知り合いなのか！

正直に言おう。私は嫉妬《しっと》深い。

リーザの笑顔を見て、一瞬にして全身が燃え上がる。消し炭になるほどの嫉妬《しっと》を感じた。

渡さん、嫁は絶対に渡さん。お前はリーザのなんなんだ！

そう叫びたくなるが、どうもそういう雰囲気でもないので、ギリギリで踏みとどまる。

青年がニコニコしているリーザを無視して、私をじっと見つめたまま話を続けた。

「私は勅命《ちょくめい》を受けて、王妹リーザ様の護衛にまいりました」

この若者……動じない……。言動までカッコいい、だと？

「あら、ヴィル、護衛に来てくれたのね。またお菓子焼いてちょうだいね」

「リーザ、彼と知り合いなのか」

私の問いにリーザがくもりのない笑顔でうなずく。

「はい！　ヴィルはわたしの乳兄弟《ちきょうだい》です、赤ちゃんの頃からずっと一緒に育ってきたの。ねえ旦那様。この子、結構カッコいいでしょ」

結構カッコいいなんて次元じゃないぞ！　何をヘラヘラしているのだリーザ！

聞いていない。リーザの乳兄弟《ちきょうだい》が、これほどの美貌《びぼう》に恵まれた、スラッとした才能溢れる青年であるなどということは。なぜそんな大事なことをリーザは私に言わないのだ！

そのあと、どうやって仕事に行ったのか記憶にない。あの美青年とリーザが二人きりになるのかと思ったら、それだけで胸がいっぱいで、もうなんて言っていいのか……

「閣下」

「お、ありがとう」

部下に声をかけられ、私は先ほど訪れた美青年のことを頭から追い出した。己を取り戻して、副官のヘルマンがまとめてくれた書類にざっと目を通す。

ヘルマンは、私の母ミラドナが故郷のレヴォントリから連れてきた若者だ。

彼は北の男らしい巨体と利発さを合わせ持つ。そして二十五歳の若さでありながら将校として非常に優秀で、かつ気が利《き》く青年だ。母が見こんだだけのことはある。

彼が持ってきた書類は、分厚い紙束。山腹を掘削《くっさく》し、王都への直通路を作る計画書だ。

非常に危険で時間のかかる工事だが、この道さえできればローゼンベルクは活性化するだろう。

山と海に囲まれたローゼンベルクは、平和ではあるが『交通の不便さ』が際立つ。

病人を王都に運ぶのにも一週間かかるし、ローゼンベルク湾近海で採れた魚介類を、王都やほかの都市へ売りに行くのにも、長旅をしなければならない。

それが、直通路ができれば、王都へ行く時間が二日に短縮されるのだ。

万年雪をいただく山岳道を歩くことも、運河として活用しているレーエ河を船で下る必要もなくなる。

「この方針で固まってきたな」

かなり時間がかかったが、工事計画の素案は大体できあがった。

あとは山を爆破するための火薬が必要なのだが、こちらの開発は、まだ追いつかない。

ヘルマンが次の書類を取り出し、私の前に置いた。

「砕氷船《さいひょう》の建造認可証です。陛下から追加予算をいただけてよかったですね」

ヘルマンの言葉に私はうなずく。

「砕氷船《さいひょう》は、作るにも動かすにも金がかかるからな」

「陛下が、王都とローゼンベルクとの連携を重視してくださって、本当にようございました。国境近辺の動きも平和とは言いがたいですしね」

「ああ。先代陛下の頃よりはだいぶ仕事がやりやすくなったな……」

私は、しみじみとつぶやいた。

我がカルター王国は、先々代国王の失政で、財政破綻《はたん》の寸前に陥《おちい》った。

ジュリアス様の父君は必死で財政を建て直そうとされたものの、志《こころざし》半ばに急死されてしまった。

そのあとは、お若いジュリアス様がなんとか舵《かじ》取りをしている状態なのである。

ジュリアス様は性格は若干悪……いや、皮肉っぽくはあるが、為政者《いせいしゃ》としての才能は、優れた政治家だった父君を上回るものをお持ちだと思う。

国内の富の大半を有している貴族層に対しても、決して屈しない。

軍備増強に文句を言った貴族に対して、当時まだ二十三歳だったジュリアス様はこう言い放った。

『では、君が王になるか？　朝から晩まで、数百枚の書類を決裁するだけの、楽しく簡単なお仕事だ。君のような、旧弊で頭の固い貴族に罵倒される喜びも日夜味わえる』と。あの場面は、今でも忘れられない。

私は当時、貴族たち相手に一歩も引かないジュリアス様に深く感心したのだ。

彼の態度だけではない。

無能な貴族の発言力が肥大し、軍事にまつわることすべてが見下され、平和が軽視されることに強い危機感を抱く、若き王の聡明さに……

ゆえに、私は自らの意志で、ジュリアス様に忠誠をささげた。

『氷将レオンハルトのお力でよければ、いくらでもお貸しします』と申し上げたのだ。

……それ以降、私は陛下にずっとこき使われている。

先週も『七百万の予算で、西の兵を優秀な者たちにかえろ』という指示書が届いた。

こういう一筆が来たら、私が必死に人員を見直すしかない。

私は、ローゼンベルク西部にあるレアルデ王国との国境検問所の責任者を、若手から経験の厚い者にかえ、人員を増やした。

兵たちに『異動は嫌だ』と文句を言われればなだめねばならないし、費用もバカにならない。

先々週もその前の週も……

ああ、思い出したら頭痛が……

このように、陛下の無茶振りはとどまるところを知らない。私の仕事量も増える一方だ。

「では、次の事案です。閣下、またアイシャ族から連絡がありました。氷青石《ひょうせいせき》の鉱山を無料で採掘させろとのことです」

ヘルマンの言葉に、私はこめかみを押さえた。また来たか、変なお客さんが。

「断れ。あれは数百年前からローゼンベルクの領土にあるものだ」

「畏《かしこ》まりました」

アイシャ族は、大氷原に暮らす部族の中でもっともローゼンベルクに近い場所に暮らす部族だ。

大氷原に定住する部族は、王都では蛮族と呼ばれているが、文明の程度は高い。彼らは、最新の様々な利器を輸入して取り入れている。

「氷青石《ひょうせいせき》が欲しければ、買えと言え。ローゼンベルクの主要な資源だ。お隣さんのよしみで一分引きで売ってやると言っておけ」

アイシャ族はとにかくしつこく、定期的に侵攻もどきを行ってくる。だが、私の目の黒いうちはおかしな真似《まね》はさせない。ゆえに、割引だって本当に心ばかりである。

彼らは、大氷原地帯で最も拓《ひら》けているローゼンベルクが欲しいのだ。

整備された漁港、巨大な要塞。それらはもちろん王都とは比べるべくもないが、彼らの目には都会に映るのだろう。

「氷青石《ひょうせいせき》か。それにしても、なぜあんな廃鉱山を今更掘り返したいんでしょう。調べておきます」

ヘルマンが小さな帳面に何やら書きつけた。

「頼む」

私はこわばった肩をほぐしながら、ヘルマンにうなずいた。

……それにしても、リーザ。リーザは一体何を見て、夫のものがだれぞのナニより大きいなど と……だめだ、仕事中は仕事に集中しないと！

「どうされました」

「い、いや、次の会議はいつだっけ」

「今からです」

そうだった。私は手の汗をこっそりぬぐい、胸を張って立ち上がる。

あの可憐で華奢《きゃしゃ》な娘が、氷将レオンハルトをここまでグダグダのおっさんに変えてしまうなんて……予想どおりだ。予想どおりすぎて自分が悲しい。だって悲しいではないか。

『ここに来てから毎日幸せ』とか『旦那様大好き』とか『長生きしてね！　絶対ね！』とか言って

くれる可愛いその口で、別の男にも似たようなことを言っていたらと思うと……

やめろ、レオンハルト。考えるんじゃない。

私は精神統一のために目を閉じた。

それでも平穏などまったく訪れなかったが、ふだんから『冷たく見える』と言われている表情は取り戻せたかもしれない。

「寝ないでくださいね、閣下。毎晩お愉《たの》しみでお疲れなんでしょうけど」

「寝てはいない」

私は精一杯威厳を持ち、ヘルマンに答えたのだった。

仕事を終えた私は、よれよれになって帰路についた。

家に帰ると、ヴィルヘルム君の姿は見えない。リーザがちょこちょこと玄関に飛び出してきて、笑顔全開で私の腕にぶら下がった。

阿呆な私は一瞬でリーザの服装を確認した。

リーザはまだ、自分で上手にこの衣装を着られない。脱いだらどこかが乱れているはずだ。

――もう悲しい。こんなことを考えている自分が悲しいけど、やめられない。

「そ、そうだ、リーザ」

私は、自然さを装おうとして失敗した震える声で、リーザに尋ねた。

「リーザ……昨日の夜、もしかして、君は彼と私の大きさを比べていたのかな、ハハハ」

声！　震えてる！　しっかりしろ、レオンハルト！

しかし、妻の返事はない。

「ポンタロス、どうしたの」

リーザはいつの間にか私のそばから離れ、戸口にかがみこんでいた。

「今夜は特別寒いもの、執事さんに中に入れてもらったのね？　そうよね、まだ赤ちゃんだもんねー。風邪を引いたら大変だもの。いらっしゃい」

そう言って、きゅうきゅう鳴いている子犬を抱き上げ、振り返った。

「旦那様、ポンタロスが自分で、わたしたちのところまで来ました！」

もこもこした子犬に頬ずりをして、リーザが言う。

「お利口ですね、ポンタロスは！」

「あ、ああー、うん……」

――やっぱりその名前で決定なのか？

いや、そんなことより、どうなんだ。

私はあの、若くて顔がよくって、異国情緒漂《ただよ》う美青年と比較されていたのか？

「どうしたの、ポンタロス。ねんねしましょうねぇ」

子犬を抱いて、リーザが部屋を出ていく。

私の荒れ狂う嫉妬心《しっとしん》も、どうか優しく寝かしつけてほしい。

余計なことばかり考えてしまい、どうにかなりそうだ。

よその男に触れさせたくなどない。リーザは私の妻なのだから。

◆

旦那様、昨日も今日もお元気がなかったから心配だわ。

そんなことを考えながら、わたしはローゼンベルク特産のお茶を、ヴィルの前に置いた。

「見て、お茶を淹《い》れたのよ、ヴィル」

寝る前に飲むとよく眠れるお茶だから、飲ませてあげようと思ったのだ。

「いらない。お前はさっさと俺の部屋から出ていけ」

相変わらず可愛くないなぁ。昔はとっても可愛くて、わたしたちは、本当の姉弟みたいに仲がよかったのに。

「聞いているのか？　出てけと言ったんだ」

「何よ、わかったわよ」

ヴィルは人がいるところでは丁寧にしゃべるが、二人でいるときは無礼極まりない。

「じゃあね、おやすみ。ゆっくり休んでね」

「護衛はゆっくり休んだりしないんだよ。早く出てけ。そもそも俺の部屋に寝巻きで入ってくるな、馬鹿」

ヴィルはそう言って、わたしを部屋から追いだした。

何よ。なんでこんなに意地悪なの。せっかく寒い台所でお茶を淹《い》れてあげたのに。

あ、そうだ、もうすぐ帰ってこられる旦那様のお茶も準備しなくちゃ。

そう思ったときだった。

「リーザ」

旦那様の声が聞こえ、顔を上げた。

お帰りになったんだわ。わたしは思わず笑顔になった。

「あ、旦那様！　お帰りなさいませ」

「リーザ、そんな恰好で寝室から出るな」

言われて、自分の体を見下ろす。寝巻きに分厚い上着を羽織った姿だ。

何がだめなのだろう。いつも夜は、この恰好で過ごしているのに。今まで叱られたことなんて一度もない。

旦那様が、そのままくるりとわたしに背を向けて階段を上がり、寝室に入っていった。

旦那様、どうして怒っているの……？

「奥方様、子犬をお預かりします」

執事に声をかけられ、慌てて抱いていたポンタロスを預けた。

自分の手が震えていることに気づく。

「今夜はひどく冷えこんでいるので、子犬は室内のかごで寝かせますね」

「はい……」

どうしよう、旦那様が怖い。なぜだかわからないけれど、間違いなく怒っていた。

今まで一度も怒られたことなんてなかったのに、いつも優しかったのに。

子犬にばかりかまっているから？　でも、そんなことで怒る方ではないはず。

「奥方様」

「は、はい！」

執事に呼ばれ、びくりとして振り返る。

「夜遅くに、そのようなお召し物でヴィルヘルム様をお訪ねになりませんように」

言われた意味がわからず、わたしは首を傾げた。

「大丈夫よ、あの子は弟みたいなものなの。昔からこんな感じで一緒にいるのよ」

「いいえ、そのようなことをなさってはなりません」

執事が怖い顔をして首を振り、深々と一礼した。

「お風邪をお召しになりませんよう、早く旦那様のところへお戻りください」

「は、はい」

釈然としない気持ちでうなずいて、ゆっくりと階段を上った。

怖い。旦那様の様子は間違いなく変だった。わたしがヴィルの部屋から出てきたとき、旦那様はわたしを冷たい目で睨《にら》んだ。

氷の闘神のような旦那様が無表情になると、あんなに怖いのか。

わたしは震える足で階段を上りきり、寝室の扉の前で足を止めた。

なぜ怒っているんだろう？　考えながら扉の前で佇《たたず》んでいたら、いきなり扉が開いた。

「きゃっ！」

予想外のことに、悲鳴をあげる。

扉を開けたのは、旦那様だ。いつもの優しい顔をしていない。明らかに怒っていた。

あまりの怖さに、わたしは何も言えずにあとずさる。

「来なさい、リーザ」

「い、いや……」

「何が嫌なんだ？」

「だ、だって……」

怖い。どうして旦那様はこんなに怒っているのだろう。

もしかして、わたしが子どもっぽくて妻失格だとか、そういうことで怒っているのだろうか。

ローゼンベルク家の奥方として役に立っていないから？　多忙極まる旦那様に貢献していないから？

「早く来なさい。……それとも私を拒む理由でもあるのか」

「嫌です、怖い」

聞きたくない、旦那様の口から『お前は役立たずだ』なんて。

幸せがボロボロ崩れていくように感じ、わたしの目から涙が溢れだす。

そのまま、今までにないほど乱暴に旦那様に引っ張られ、寝室に引きずりこまれてしまった。

◆

「そうか、泣いているということは、私を拒むんだな」

「こ、拒んでない……のに……っ」

リーザの大きな目は真っ赤で、涙にうるんでいた。

私がこれほど怒ったのははじめてだから、怯《おび》えているのだろう。

だんだん可哀想になってきた。

だが、浮気したのかどうか、私とだれかのものを比べたのかだけは聞きださなくては。このことにこだわる自分の器の小ささに驚愕するが、もう嫉妬《しっと》で爆発しそうなのだ。

……でも、純真で素直で優しいリーザが、本当に私を裏切ったのか？

ただ自分がカッとなっているだけのような気がしてきた。

私は何がしたいのだ？　リーザがなんと言ってくれれば満足なのだ？

もうグダグダである。リーザはしくしく泣いているが、私だって号泣している、心の中で。

「ど、どうして、怒るの」

リーザが可愛らしいしぐさで涙をぬぐった。

『怒ってすまなかった！　私がすべて悪かった！』と叫んで、抱きしめたくなるような可愛さだ。

「旦那様が怖い……」

「怖い？」

リーザは泣いて誤魔化《ごまか》そうという作戦なのだろうか。

だとしたら自分の妻は可愛い上に、ものすごく賢い。

少なくとも私は、泣けば簡単に誤魔化《ごまか》されるのだから。

ほら、もう誤魔化《ごまか》された。

氷将《ひょうしょう》レオンハルトが、水将《すいしょう》、いや、湯将《ゆしょう》レオンハルトになってしまったではないか。

「すまん、リーザ。泣かないでくれ」

私は腕を伸ばし、心細げに泣きじゃくるリーザを抱き寄せて、絹のような栗色の髪を撫《な》でた。

「悪かった、リーザ。お前を怯《おび》えさせて」

「う、うわぁぁぁぁ！」

子どものように声をあげて、リーザが私の胸にしがみついた。

「ご、ごわがったぁぁぁ」

なんという大声。美貌《びぼう》の姫様と思えないような、威勢のいい泣き声だ。

「お、おごってるがら、ごわがったぁぁぁ」

「すまない」

「わぁぁぁぁぁ、ごわがっだあああああっ」

リーザが私にしがみついて、おんおん声をあげて泣いている。

私は小さな頭をそっと撫《な》でて、華奢《きゃしゃ》な体を抱きしめた。

我ながら呆れる。リーザをこんなに泣かせて、一体何がしたかったのだろう。

こうなったら、眠る前のピロートークで、なんの大きさのことを言っていたのかさりげなく聞きだすしかない。

頭に血が上っている今は、恐らく、質問途中で号泣するだろう。もちろん、私が。

◆

「リーザ、おいで」

旦那様が、毛布をかぶったわたしの背後で囁《ささや》いた。

「だめ……今日はしません」

「まだ怒っているのか」

旦那様が低い声でのどを鳴らす。

正直に言えば旦那様の胸に飛びこみたかったけれど、わたしはあえて顔をそむけた。

わたし、怒っているもの。いきなり叱られて。

体をひねって旦那様の手から逃げようとしたが、ここは狭い寝台の中。

旦那様にあっさりとらえられてしまい、裸の胸に抱きすくめられてしまった。

突然怖い顔で怒られて、本当に不安だったのだ。この家から追い出されるのではないかと。

それなのに、『私の誤解だった』だなんて意地悪すぎる。

怒りを訴えるためにも、今日は何もさせるまいと思ったのだけれど……そんな決意はあっという間に壊れてしまった。

気づけば旦那様と舌を絡ませ合い、厚みのある体に足を絡ませ、わたしは旦那様にすがりついていた。無精髭《ひげ》の残る顔に己の頬を擦りつけ、いつものように体を開こうとする。

だが、旦那様はわたしから離れ、不意に体を起こしてしまわれた。

「ふ、え……？」

驚いて、わたしも体を起こす。

どうしたんだろう、旦那様……

「趣向を変えよう」

旦那様がおっしゃって、壁の鏡に向き直る。寝台の脇にかけられた姿見だ。

鏡の前に座った旦那様が、わたしに、膝にのるようにおっしゃった。

「こうですか、旦那様」

なんだか妙な姿勢だ。二人で裸で、鏡に向かっているなんて。

抱いてくださらないのかな、と戸惑うわたしに、旦那様が優しく囁《ささや》いた。

「これから何をするかわかるか、リーザ」

「え、と……」

わたしは、裸の自分を見るのが恥ずかしくて、胸を手で隠した。

何をするのだろう。そう思った瞬間、旦那様が、わたしの腿《もも》を下から持ち上げ、ぐいと大きく足を開かせた。あられもない部分が鏡に映し出され、わたしは悲鳴をあげて目をそらす。

見たくない、自分のこんな恥ずかしい姿は。

慌てて逃《のが》れようとするわたしの体が、旦那様のたくましい腕にしっかりととらわれてしまった。

「っ、だめ……っ」

「今日は、リーザが乱れる姿を見ながらしよう。どんなに美しい姿で男を誘っているのか、自覚してもらわねば困るからな」

「……っ、イヤ、恥ずかしい……っ！」

足の間に、旦那様が指をずぶりと突き立てる。

そして、ぴちゃりと音を立て、わたしのなかをゆっくりとかき回した。優しく焦《じ》らすように、旦那様の指は、見せつけるように何度もわたしのなかを行き来した。

わたしの腰は勝手にくねり、のどから声が漏《も》れてしまう。

「ひぁ、あ……やぁ……っ、やだぁ、っ」

わたしは首を振った。こんな光景、恥ずかしくて見ていられない。

「嫌なのに、こんなに濡《ぬ》れるのか」

言いながら、旦那様が指を抜いた。

わたしの体が、もっと攻めてほしいと言わんばかりに、名残惜《なごりお》しげに震える。

「はぁ……はぁ、っ、ねえ、鏡、恥ずかしいです、旦那様」

「さて、挿《い》れるから手伝ってくれ、リーザ」

わたしの訴えを無視して、なんでもないことのように旦那様がおっしゃる。

わたしの手で、旦那様のものを導いて呑みこめ、とおっしゃっているのだ。

「嫌……は、はずか、し……」

「では、やめるか？」

囁《ささや》きかけられ、唇を噛《か》んだ。こんなふうに焦《じ》らされたら、我慢できるわけがない。

わたしはそろそろと旦那様の昂《たかぶ》った雄物を掴んだ。

手で触れているだけで、脈動と熱さを感じる。

わたしは体を前に倒し、濡《ぬ》れそぼった入り口に、旦那様をあてがう。体が倒れないよう、旦那様がしっかりと胸の下あたりを抱えてくださっている。

「さ、リーザ、お前のなかに挿《い》れてくれ」

「は、は、い……」

唇を噛《か》み、わたしは旦那様のものを呑みこんだ。

期待に濡《ぬ》れた内壁が、ぐちゅりという甘い音を立てる。

「んう……こう、ですか……っ」

「そう。見てご覧、君はこんな顔でいつも私をおかしくさせるんだ。悪い子め」

旦那様がわたしの顎《あご》をとらえ、ぐいと前を向かせた。

大きく足を開かれ、抱きかかえられ、後ろから貫かれたわたしの姿が鏡に映っている。

長い髪が乳房にかかり、頬は羞恥《しゅうち》で赤くなり、肌が快楽でにじんだ汗で光っていた。

「っ、う、嫌、見たくない……っ」

わたしは必死で鏡から目をそらした。

淫《みだ》らな自分の顔を見せつけられるなんて、恥ずかしくてどうにかなりそうだ。

こんなうるんだとろけそうな顔で、旦那様を欲しがっているなんて、恥ずかしい。

でも、恥ずかしいと思えば思うほど、貫かれた秘裂がくちゅくちゅと音を立てる。

わたしの体は、旦那様のくださる快楽を求めはじめている……

「なあ、リーザ、よく見ろ。お前はこんなに可愛いんだよ。私はすっかりお前に夢中だ」

硬くなった乳房の先端を指で摘まれ、わたしは必死で首を振った。指で挟まれ、焦《じ》らすように転がされ、体がじわじわとほてりだす。

「だめ……鏡だめ、恥ずかしい……んっ、あ……っ」

わたしは、ぎゅっと目をつぶった。

快楽を欲しがる自分の姿を見せつけられるのが、耐えられない。それなのに、恥ずかしいと思えば思うほどに濡《ぬ》れて、蜜《みつ》が床に滴《したた》ってしまう。

「イヤ……っ、こんなの、わたしじゃない……嫌ぁ……っ」

「本当にそんなふうに思うのか、リーザ」

旦那様が、乳首をやわやわといじりながら、わたしの耳たぶをそっと噛《か》んだ。

「こんなに濡《ぬ》れているのに、嫌だというのか」

わたしは顎《あご》をくい、と持ち上げられ、もう一度鏡のほうを向かせられた。鏡には、肌をほてらせ、息を乱している女の姿がはっきりと映しだされている。

「到底そうは思えない。ほら、すごい音がするだろう、聞こえないなんて言わせないよ」

体を突きあげられ、咀嚼《そしゃく》音に似た音をわざとらしく立てられ、わたしの奥がびくびくと震える。

もう、無理。快楽を誤魔化《ごまか》すために唇を噛《か》んだ瞬間、一筋の涙が頬を伝って流れ落ちた。

欲しい、旦那様の体がもっと欲しい。

「い、あ……あぁっ！　っは、だんな、さまぁ……っ」

気づけばわたしは、自分から体を揺すっていた。淫《みだ》らなわたしが、鏡の向こうから涙を流してわたしを見つめている。桃色に染まった乳房に、旦那様の指がぐい、とかかった。

「可愛い色になってきたな、そんなによかったか」

わたしの乳房を持ち上げ、たぷたぷと弄《もてあそ》びながら、旦那様がわたしの耳元で囁《ささや》いた。

「お前は天国を見たようだが、私はまだだ」

低い声に、全身がゾクリと震える。

「っ、あ、だんな、さま……？」

旦那様の手が、大きく開いたわたしの足の間に伸ばされる。

「なかも外も、どちらもいいんだな、リーザ。欲張りなお前に両方あげよう」

「やあ……っ、あっ、あ、あああ……っ！」

ぷくりと赤くなった花芽を指先でつんつんと攻められて、わたしは体に回された旦那様の片腕にすがりつく。胴に回された旦那様の腕に、乳房がぐいと持ち上げられた。

「あ、ああ、ああっ、ひぁ、っ」

ぐちゅぐちゅという音がより大きくなる。

わたしは息を弾ませ、旦那様に翻弄《ほんろう》されるがままに、声を抑えるのも忘れて泣いた。

「ふぁ、っ、あっ、あ……っ……も、おかしく、なりそ、です……」

旦那様の氷色の目が、情欲を貪《むさぼ》るわたしを鏡越しにじっと見つめている。

気持ちよすぎて、苦しい。

「鏡、見ないで、旦那様ぁ……っ」

容赦なく突き上げられ、わたしは身をくねらせて哀願した。

何度閉じようとしても、旦那様の手は足を閉じることを許してくれない。鏡には、怒張したものを呑みこんでひくひくと震え、蜜《みつ》を溢れさせている秘裂が映しだされている。

「なんて綺麗な足なんだろう。降りたての雪だってこんなに清らかな白さじゃない」

旦那様の指がわたしの内腿《うちもも》を撫《な》でる。

再び体がびくっと跳ねた。何をされても感じすぎて、痛いくらいになってきた。

「ひぁ、ぁ……やぁ、も、むり、っ」

わたしの乱れた髪をかきあげ、旦那様が首の後ろに優しく口づけをしてくれた。

「可愛い声だ、リーザ。もっと声を聞かせてくれ」

「あ、ああ、っ、これ以上、一人だけ気持ちよくされるの、やだぁ……ッ」

旦那様とたくさん抱き合いたいのに。

こんなふうに、一方的に見せつけられながら一人果てるなんて、嫌。

泣きじゃくっていると、不意に軽々と抱え上げられた。

「わかった。リーザ、さあ、次は私と天国を見よう」

旦那様が、熱を帯びた声で囁《ささや》く。

わたしを寝台に横たえた旦那様が、足の間に体を割りこませて一気に貫いた。

「ん……っ」

旦那様の激しい動きに、わたしの内奥にともされた情欲の炎が呼応する。

とめどもない快楽に、終わることなく、じりじりと焼かれた。

幾度叫び、絶頂を垣間見れば許されるのだろう。

「ねえ、一人でイかされるの、嫌だから……抱いて、くださいませ……」

旦那様にしがみついて懇願すると、耳元に優しい声が降ってきた。

「すまん、すまん。お前が綺麗すぎてつい夢中になったな。もう、あんな意地悪はしないから」

「……だんなさま……」

たくましい腕に抱かれて、わたしは無我夢中で旦那様と体を重ね合った。

旦那様にもたくさん気持ちよくなってほしい。いつもみたいに、わたしのなかを旦那様の情欲の証《あかし》でいっぱいにしてほしい。

「んっ、ン……っ！　ぎゅってして……」

「リーザ」

「んはぁッ……だんなさまあっ、いっちゃうッ」

だめ、だめ、体がびくびくしてしまって何も考えられない。

「……っ、リーザ……」

旦那様のものが、お腹のなかで熱く硬く反り返った。わたしは体の奥深くに突き立てられたものを締め上げ、旦那様の最後のほとばしりを受け止める。

旦那様の体が離れる瞬間、鋭敏になったわたしのなかがずるり、とこすられた。わたしはまた、小さな悲鳴をあげてのけぞってしまう。

頭の中がちかちかとして、感じすぎてしまって怖い。何をされても気持ちがよくて。

「旦那様……」

わたしは声も出せずに旦那様に抱きついたまま、ぼんやりと目を閉じた。

旦那様の激しい鼓動が、わたしの体に伝わってくる。旦那様の汗が、わたしの体を濡《ぬ》らす。

ああ、わたし、もっと旦那様に染まりたい。

どうにかなりそうなくらい、旦那様が好き。

抱かれているときも、抱かれていないときも、いつも好き。好きすぎて苦しい。

「リーザ」

名前を呼ばれて我に返る。

「はい……どうなさったの」

陶酔《とうすい》の極《きわ》みを見た直後の、ぼんやりとした頭でわたしはお返事をした。

「……なんの話だ、このあいだ言っていた、私のほうが大きいって」

「えっ」

そう言われて思い出した。羞恥《しゅうち》に耐えられなくなり、旦那様にしがみつく。

「あ、あの、恥ずかしいので、いいです」

「いいよ、話してごらん」

旦那様の声は優しかった。

そうだ、旦那様なら、何を話しても許してくれそう。言ってしまおうかな……

「はい、あの、下手人の……」

「え？　なんの話だ？　下手人？」

旦那様が素《す》っ頓狂《とんきょう》な声をお出しになったが、わたしは恥をこらえて続けた。

「はい、わたしを襲った下手人です。あ……あの……あの、局部をいきなり見せてきたのですが……それが異常なほどに小さくて……」

「……なるほど」

「本当に小さかったのです！」

「なるほどね」

「旦那様、それで、あの……」

たまに、ぼんやりと考えてしまうのだ。木立の小屋で、わたしを襲おうとしたよくわからない露出男のことを。

あの男の局部の小ささも心配だが、人前でそれをさらすなんて、何かの病気ではないだろうか。

しかし、そのことはだれにも相談できなかった。わたしは世間知らずだし、もしかしたら余計なお世話かもしれない。

でもいいのだ、旦那様はなんでも話せとおっしゃった。

「げ、下手人が病《やまい》だったら、助けてやってくださいませ！」

そう言葉にしたら、心の底からほっとして笑顔になった。

旦那様は、なんとも微妙な笑みを浮かべている。怒ってはいらっしゃらないようだ。

「ああ、よかった、言えた。ずっと気になっていたのです。わたし、助けを求める病人を見捨てたんじゃないかって。妙なことを申し上げて、ごめんなさい」

「いいよ、リーザ。よくわかった」

旦那様はそっとわたしを抱きしめ、口づけをしてくださった。

きっと牢《ろう》屋に捕まっている男のことも、旦那様がなんとかしてくださるだろう。

――幸せな気持ちで目をつぶったら、あっという間に快い眠りにつくことができた。

そして、夢を見た。昔の夢。夢の舞台は『王太子の誕生日』の祝宴会場だ。

わたしはまだ十三歳で、侍女に手荒に髪を扱われて、不貞腐れていたんだっけ……

鳥の騒ぐ声が聞こえ、わたしは、着替えの途中だったのに部屋を飛び出した。

あれは虹鳥《にじどり》の声だ。普段は大人しい鳥なのに、どうしたんだろう。

最近庭園の木に巣を作り、ひなが孵《かえ》ったばかりなのに。

「姫様！　勝手は許されませんよ！　お兄様と一緒にご挨拶《あいさつ》なさらねば！　リーザ様っ！」

庭に飛び出し、楽しげに笑い合う『えらい方々』を押しのけて、わたしはちょこちょこと園遊会の会場を駆け抜けた。

こんなに庭を派手に飾って竹なんか鳴らすから、鳥がびっくりするのよ、って怒りながら。

人の気配のない庭のすみっこに到着し、思いきり背伸びして巣を見る。

木のずっと上のほうに、巣はちゃんとある。わたしではどうやっても手が届かない枝に、ひなが引っかかって暴れているのが見えた。親鳥が悲痛な鳴き声をあげている。

「あ！　落ちちゃったんだ！」

レースで仕立てられたアンダードレスのまま、わたしは木によじ登った。

やっぱり枝まで手は届かないし、巣まで辿りつくこともできそうになかった。

慌てて周囲を見回し、会場の警護をしていた騎士の袖にすがる。

「ねえ、鳥が枝に落ちちゃったの、助けてあげて」

「あ、姫様。なんて恰好でお庭に出てるんです。さ、お支度を」

騎士はそう言ってわたしの肩を抱き、侍女のほうに連れていこうとする。

「おーい、だれか、早く姫様のお召替えをしろよ！」

だめだ、侍女に捕まったら、鳥を助けられなくなる。わたしは慌てて騎士から逃げた。

ほかにだれか、頼めそうな人はいるだろうか。

「だれかぁぁ……」

べそをかいていたら、背後から声をかけられた。

「お嬢さん、そんな格好でどうしたの」

あきれたように腕を組み、とても背の高い男性がわたしを見下ろしている。

その人を包む輝きに、わたしは言葉を失った。光り輝く長い銀の髪に、宝石みたいな水色の目。

えらい武人であることを示すように、衣装にはたくさん勲章《くんしょう》がついている。

しばらく何も言えずその人を見上げていたわたしは、我に返って、彼にすがりついた。

「と、と、鳥がぁぁ」

「鳥？　鳥がどうしたんだ？」

水色の目を見開き、男の人が驚いたように言った。

「鳥がぁぁ、枝に落ちてるぅぅ、わぁぁ……」

泣きながら巣のある枝を指さすと、美しいその騎士様は笑って、軽やかに走っていった。

「あ、いた。この子だろう。よし、巣に戻してやろう」

騎士様は軽々と木によじ登り、小さなひなをひょいとつまんで巣に戻す。

わたしは慌てて駆け寄って、騎士様を見上げた。

「あの、ありがとうございます。騎士様は、宴にいらっしゃったんでしょう」

「ああ、そうだよ。でも宴はどうも苦手で、抜け出して涼んでいたんだ。王都は私にはちょっと暑くて……君の恰好はずいぶん涼しげだね、服を着ておいで」

そう笑って、騎士様が軽やかに木から飛び下りる。

同時に、たくさんの人が走ってくる足音が聞こえた。

「レオンハルト様、こちらにいらしたんですね、陛下のご挨拶《あいさつ》がはじまりますよ！」

「わかった」

わたしは何も言えず、銀色にきらめく騎士様の背中を見送った。

懐かしいわたしの初恋の思い出。

ああ、あのときのわたしに教えてあげたい。

その素晴らしい騎士様は、未来のあなたの、大切な旦那様なのよって。

第四章

「おやっさん、腎虚《じんきょ》で早死にしないでくださいね」

「ごふっ」

しみじみした口調で部下に言われ、私はむせた。過度な夜の営《いとな》みでかかるという腎虚《じんきょ》だが……

「おっお前は、くだらないことを言っていないで！　早く砲撃武器の再点検に行け」

私の言葉に、部下はボリボリと頭を掻いた。

彼はやる気がないように見えるのだが、砲撃武器の整備が天才的にうまい。いつ抜き打ち検査をしても、砦《とりで》の砲撃武器は彼によってすべて完璧に手入れされている。

人には向き不向きがあるのだ。

だれに何が向いているかを考えて人員を配置し、その結果に対して責任を取る。それがローゼンベルク国境砦《こっきょうとりで》の責任者である私の仕事だと思っている。

しかし、仕事が多すぎて忙しい。

ゆえに私は毎日夜更けまで働く羽目になり、なかなかリーザをかまってやれないのだ。

「仕事はちゃんとしますよ。第三砲塔の大砲を、もっと経年劣化に強い部品に入れかえます。今のままだと連撃したとき砲身にヒビが入ると思うんで」

さすがだな。砲撃武器のことに関しては、だれも彼にかなわない。

「それよりおやっさん、あの嫁さん、まだまだ娘っ子でしょ。年下の若い嫁さんをもらった男は、みーんな鼻の下伸ばして、あっという間にぽっくりじゃないですか。俺は、おやっさんを心配してるんですよ」

血の気が引いた。彼の言うとおりではないか……！

私はため息をつき、精一杯怖い顔を作って言い放つ。

「ええええ縁起でもないことを言うな、わたわた私は大丈夫だ」

まずい、どもった。

「そうなんですかねぇ……」

部下は首を傾げ、「とにかく若い嫁さんに夢中になりすぎて腎虚《じんきょ》で早死にしないでくださいね」

と繰り返して出ていく。

本当にもうやめて！　と泣きそうになりながら、私は部下の鍛《きた》え抜かれた背中を見送った。

茶を飲みほし、私も外作業を手伝おうかと立ち上がって部屋を出る。

『何をするにも、将軍である私が真っ先に動く』という姿勢を見せないと、ローゼンベルクの男たちはついてこない。口だけの貴族様に従うほど、彼らはひ弱な人間ではないのだ。

私の部下は、この不毛の大地を生き抜く、生命力溢れるしたたかな男ばかりだから。

そのとき、不意に私の耳になんの遠慮もないでかい声が飛びこんできた。

「閣下の嫁さん可愛かったよ、俺、暴漢から救助した現場にいたからね」

「へぇ、すげえ美女なんだって？　兄上の国王様によく似て」

私は全力で気配を殺し、耳を澄ませた。リーザのうわさをしている部下がいる！

「美女っていうか、若すぎてびっくりした。たぶんありゃあ、十六歳くらいだな」

……たしかに大柄な人間の多いローゼンベルクでは、リーザの華奢《きゃしゃ》な体は幼く見える。だがそれはみんなより背が低いせいであって、リーザは脱いだらそれはもう……いや、そんなことは人に教える必要はないのだ。慌てて再度気配を殺し、話の続きに集中する。

「十六歳くらいなんだ」

「ああ、十六歳くらいだった」

部下は自信満々に言っているが、違う。

リーザは二十三歳である。世間を知らなくてふわーっとしてるから若く見えるが、二十三歳だ。

ちなみにリーザは、日の高いうちは無邪気で可愛くて少女のようだが、夜はお色気溢れる小悪魔に変身する。……いやいや、これも別に人に教える必要のない話だ。

「十六歳じゃ、俺の娘と同じじゃねえか」

尋ねたほうの部下が大笑いし、『妻を知っている』と言っていたほうの部下もそれに追従した。

「そうだなぁ、親子みたいな夫婦だな」

「政略結婚だもんなぁ」

「うん、うん、親子親子。二十四歳差じゃ親子だよ」

「父親と娘みたいなもんだな」

ああ、このとき全身に……特に愚息のあたりに落ちた稲妻のごとき衝撃を、私は一生忘れないだろう。『ドカーン』という音まで聞こえたような気がする。

自分とリーザは新婚夫婦のつもりだったが、はたからは親子に見えるのか。

これは萎《な》える。すごい萎《な》える。肉体的にではなく、精神的に超萎《な》える。

「まあ、着膨れしてたから子どもっぽく見えたのかな。普通の恰好をしていたら違ったかもな」

部下が何か言いながら遠ざかってゆくが、もう頭に入らなかった。

全身から変な汗が噴き出す。これはキツい。鬼神の一撃で源を絶たれたかのように萎《な》えた。

情けなく汗をぬぐっていると、ヘルマンが私のもとへすごい速さで駆けつけてくる。

「閣下っ！」

「ど、どうした！」

我が身に降りかかった『お父さんと娘に見えた』という大惨事をとっさに押しやり、私は精一杯引きしめた表情で振り返る。

「アイシャ族の本陣で大爆発が起きました。性懲《しょうこ》りもなくまたローゼンベルクに攻めこもうとしていたようです。怪我人多数の模様」

「爆発だと？」

「どうやら、強力な火器の使用を誤り、自爆したようです。救護班を向かわせましょうか」

「……あ、そう」

あまりに急な事態に、そう言うのがやっとだった。

今日はいろんなことが起きすぎだろう。本当に。

「そうだな。救護班は、頼まれたら出してやればいいいんじゃないか」

命の重さに大小はない。しかし、これまでアイシャ族を助けても、『助け方が気に入らない』という理由で賠償を請求されたりして、いいことは一度もなかった。

だから、救護の依頼が来るまでは見守ろう。自分にはローゼンベルクの益を守る義務がある。冷淡なようだが、私はこの街の領主でこの国の将。『お人好《ひとよ》しのレオンおじさん』ではいられないのだ。

「そうですね」

ヘルマンも冷淡に言い放つ。彼も同じ考えなのだろう。だがすぐに険しい表情になり、付け加えた。

「なお、斥候《せっこう》によって確認された爆発の規模ですが、異常なほどすさまじかったとのことでした。

黒色火薬《こくしょくかやく》では考えられないほどの爆発規模だと」

「なんだと、そんなにすごい爆発だったのか」

さっき聞こえた気がした『ドカーン』という音、もしやそれなのか。

「ご確認ください。言葉でご説明するよりもご自分でたしかめられたほうが」

うなずき、レーエ河を見渡せる見張り窓に走る。ヘルマンから手渡された双眼鏡を覗きこむと、国境線のレーエ河の向こうに広がる真っ白な大氷原に、尋常でない量の黒煙が上がっているのがわかった。

煙以上に私を戦慄《せんりつ》させたのは、大氷原に開いた巨大な穴だ。あんな穴を開ける爆薬がこの世に存在するというのか。

私の脳裏によぎったのは、極秘で開発されていた新型火薬の存在だ。我が国の誇る天才、エリカ・シュタイナー博士の手による、画期的な発明になるはずだった、奇跡の火薬。

カルター王立大学で新型火薬の研究が進められている話は、軍や政財界の一部のみが知る重要機密だ。現在最大の威力を持つ黒色火薬の、数十倍の威力を誇るという新型火薬。その完成を、関係者は固唾《かたず》を呑んで見守っていた。

しかし、博士の病死により、新型火薬の開発は頓挫《とんざ》してしまった。

私も、あの火薬の実用化を期待して待っていたのだが。

強力かつ、制御も容易だという新型火薬があれば、山岳地帯が国土の大半を占める我が国でも、土木工事が加速度を増して進歩しただろうに。

……まさか、あの火薬が完成して、その製法がアイシャ族に漏《も》れた、なんてことはないよな。

なんでも悪いほうに考えてしまうのが、私の長所であり、短所でもある。

「なるほど、まずいな。なんだあれは」

私の頭の中に警鐘《けいしょう》が鳴り響く。

「爆発の確認と同時に事態を調査するため、使者を王都へ向かわせました。緊急事態ですので、高速砕氷《さいひょう》船の運行を許可しております」

「正しい判断だ。ありがとう、ヘルマン」

この北の大地に、新たなのろしが上がったのだ。平穏が破られようとしている。

「あの爆発現場は、ちょうど、大型砲でここに一撃をぶちこめる距離にあるな」

「ええ、砦《とりで》を狙っての砲撃が失敗したのだと思われます」

ヘルマンの冷静な声に、全身が引きしまる思いがした。

アイシャ族め。あいつらは何を考えている。本気で戦争を仕掛けてくるつもりか。

だが『氷将レオンハルト』の名にかけて、この国境は破らせない。

案の定、アイシャ族の火傷《やけど》患者の受け入れで忙しく、帰宅時間は相当遅くなってしまった。

アイシャ族は本当に、どういうつもりなのか。

『誇り高き我らは、カルター人に金なんぞ払わない』と病院でゴネるなんて、まったく意味がわからない。

それにしても、アイシャ族が暴発させたすさまじい威力の火薬は一体なんなのだ。使った本人たちに聞いても『あんなに爆発するなんて思わなかった』というだけだ。もしかして、どこかから盗んだのか……？

徹底的に取り調べねば。あんなもんを撃ちこまれた日には、我が砦《とりで》も危険だ。

怪我人の中に、どう見てもアイシャ族ではない人間がまじっていたのも気になる。アイシャ族は金髪碧眼《きんぱつへきがん》の人間がほとんどなのに、黒髪や茶髪の人間が搬送されてきたのだ。

彼らは何者だろう。何も話さず、嫌な予感がしたので監視をつけた。

「怪我が回復したら尋問をせねばな……」

アイシャ族ではない人間が、ローゼンベルク国境砦《こっきょうとりで》の侵攻に加わっているとしたら、大問題に発展する。もちろん、アイシャ族の侵攻自体も問題なのだが、あいつらは毎年毎年飽きもせず攻めこんでくるので、私自身、心のどこかで舐《な》めてかかっていた。

アイシャ族を侮《あなど》るのはもうやめよう。

それから、もう一つ私を悩ませていることがある。これはアイシャ族は関係なく、個人的な話で……部下の『閣下とリーザ様は親子みたい』という言葉が、深く深く私の心に突き刺さっているのだ。

我ながら『気にしすぎじゃないの』って思うくらい気にしている。多分、家に帰ってもリーザの顔がまともに見られない。

私がリーザのお父さん……そんな人生を送るなら、海に飛びこんで藻屑《もくず》になりたい。

……さらに、私はさっき、また犬を拾ってしまったのだ。今年十二匹目の。

「きゅう、きゅううぅぅ……」

「よしよし、寒いな。もうすぐ乳をやるからな」

うちの民《たみ》、ほんっとうに犬猫を気軽に捨てすぎだ。

貧困ってどうしてこう残酷なのだろう。それを改善できない自分の無能さが苦しい。

「よしよし」

『なんか食わせろ』と言わんばかりに悲痛な声をあげる子犬を抱き直す。ポンタロスより小さい。

正真正銘、生まれたての赤ん坊だ。

私はそろそろ『氷将』という、やたらカッコいい異名を返上して、『犬拾いおじさん』とでも名乗るべきではないだろうか。

本当に疲れた。自分の情けなさに疲れた。

家が見えるあたりで足を止め、屋敷の明かりを見上げる。

リーザを娘として、お父さんのような気持ちで接するべきなのか。

重いため息を吐いたそのとき、門から小さな影が飛び出してくるのが見えた。若い男の制止も聞かず、おぼつかない足取りでよたよたとこちらに走ってくる。

「だんなさまー！」

「リーザ！」

「旦那様、遅いから心配してました！」

そう言うやいなや足を滑らせたリーザに駆け寄り、慌てて抱き留める。

「きゃっ」

「こら、走るな」

私を見上げると、リーザが明るい声で言った。

「お帰りなさい！　寒かったでしょう、旦那様」

「待っていなくていいのに、もう遅いんだぞ」

私の言葉に、リーザがニコニコしたまま首を振る。

「お顔が見たくて待っていたの！」

「閣下、リーザ様は、閣下が戻られるまで寝ないと言い張っておられました」

背後に立ったヴィルヘルム君が、相変わらず感情のない声で付け加えた。

「旦那様。さ、お家に入りましょう」

リーザがそう言って、私の腕を引く。

イジケて縮こまっていた心が、ほんの少しやわらいだように思う。

だが、男としてものの役に立たないだろう自分の状態を思い出し、再びしょげた。

私はお父さんじゃないはずだ。……いや、お父さんなのだろうか……

「キノコのスープがあります！　今日、アルマさんと雪の下のキノコをとりました」

私を見上げて、リーザが笑う。ああ、気分が晴れない。

「旦那様、なんだかお顔の色が」

「いや、今日はいろいろあり、疲れてな」

表情を曇らせたリーザに笑いかけ、どよんとした気分で、懐《ふところ》に入れていた犬に触れる。

体が温まったからか、子犬はいつの間にかぐっすり眠っていた。

「リーザ、また子犬を拾ったんだ。ポンタロスと一緒に可愛がってやってくれ」

私の言葉に、動物が大好きな愛しい妻は目を輝かせた。

「わぁ、子犬……！　嬉しいです。早くお家に入って見せてください」

「そうだな」

リーザの反応に、ちょっとホッとする。

ローゼンベルク本邸が犬猫屋敷になっても、リーザはあまり怒らないだろう。そう思えた。

――はぁ、それにしても我が家は落ち着く。妻が家でニコニコして待っていてくれる生活とは、これほどに癒《い》やされるものなのか。

リーザは部屋の長椅子に腰掛け、乳を入れた皿を足元に置き、子犬に舐《な》めさせている。

私は一息ついて、リーザの用意してくれた茶を口に含んだ。

美味《うま》い。アルマが淹《い》れてくれるものと同じ味がする。

「ねえ、可愛いわんちゃん、あなたのお名前、何にしようかしら」

リーザが機嫌のいい声でつぶやくのを聞いた瞬間、私は凍りついた。リーザの名づけ……身の凍る思いで、私は愛する妻の次の言葉を待つ。

「チンデルとか。モロダスとか。モロダスにしましょうか」

なんだその名前は！　意味はわからんが不吉な印象が強すぎる。絶対によしたほうがいい。

固唾《かたず》を呑む私の前で、ヴィルヘルム君が表情一つ変えずに、冷ややかな声でリーザに告げた。

「リーザ様。相変わらず、壊滅《かいめつ》的な名づけのセンスをお持ちですね」

なんという助け舟。リーザに泣かれるのが怖くて言えなかったが、実は私もそう思っている。

「何よ、ヴィル。どういう意味？」

「どうもこうもありません。今の二つは最悪の名前だ、という意味です」

ヴィルヘルム君の言葉に、リーザが怒りで頬をパンパンにふくらませる。私は慌てて、妻のご機嫌を取るために話に割って入った。

「じゃあ、シュネーという名前にしよう。雪という意味だ。な？　どうだ？　白い犬だし」

以前にも提案した名だが、再びあげてみる。

「うーん……でもその名前だと……勇ましさが足りない……」

リーザはしばらく、納得がいかないという表情で眉根を寄せていた。だが、納得がいかないのは私のほうだ。どうしてお前は、そんな珍名でなければ許せないのか。

「なぁ、リーザ、この前はお前が名づけただろう？　次は私が名前をつけてもいいはずだ」

「……そう、ですね、じゃあ、シュネーちゃんで……」

しぶしぶといった口調でリーザがうなずく。だが、すぐに気を取り直したようで、明るい笑顔に戻った。

「シュネーちゃん、よかったわね。旦那様があなたにお名前をつけてくださったわ」

ふわふわした子犬の頭を撫《な》でるリーザを横目に、私はほっと胸を撫《な》で下ろす。

やはり犬の名前は、人前で呼べるような名前にしないといかんな。もうポンタロスは、『ポンタロス』と呼ばないと反応しないので、改名はあきらめるしかないが。

ほのぼのした笑顔で子犬の世話を焼くリーザの傍《かたわ》らに、ヴィルヘルム君がすっと膝をついた。

「リーザ様、失礼。お話がありますので、お耳を」

「なあに、ヴィル」

ヴィルヘルム君の言葉に、リーザが子犬を撫《な》でる手を止め、小首を傾げた。

そのリーザの小さな耳に向かって、ヴィルヘルム君が怖い顔で囁《ささや》きかける。

「なあに、じゃない。お前、もっと閣下のお世話をしろ。お疲れのご様子だろうが！」

ものすごく小声だけど、ヴィルヘルム君の説教、私にも聞こえている。

うーむ、どんな顔をしたものか。

「スープを作ってさしあげたわ」

リーザが自信満々に答え、再びかがんで子犬の背中を撫《な》でた。

「いや、それだけじゃなくて、肩を揉《も》むとか夜食を追加するとか、考えろ」

ヴィルヘルム君は意外と細かい……いや、目が行き届く青年のようだ。

「お前さぁ……なんで何もしないんだよ。あの頃はあんなに一生懸命だったくせに」

「なんの話？　ヴィルったら、昔っから細かいんだから」

「大学時代みたいに、勤勉なところを閣下に見せろ。今のダラダラした姿はまずいって」

「大学時代……って、何？　なんの話……？」

私もそう思って首を傾げた。リーザの大学時代って、なんの話だ？

リーザが、眠たげにまばたきをした。今にも眠ってしまいそうな表情だ。

「何って……リーザ、お前、大丈夫か？　ジュリアス様に大学に連れていってもらって、勉強していたじゃないか。なんだっけ、あの天才博士とやらと一緒に」

ヴィルヘルム君が囁《ささや》き終えた瞬間、リーザが不意に額《ひたい》を押さえた。

「おい、どうした、リーザ」

私は異変を察し、身を乗り出した。

「……なんだか、めまいがする……」

リーザはそう答えながら、うとうとと舟をこぎはじめた。

そのまま、人形のようにぱたりと長椅子の背もたれに身を投げ出す。

傍《かたわ》らに跪《ひざまず》くヴィルヘルム君も、眉根を寄せ、リーザの様子を見守っている。

「おい、どうした、リーザ」

「うーん……」

私の呼びかけにリーザはむにゃむにゃと返事をし、そのまま寝入ってしまった。

様子がおかしい。もう完全に眠っていて、反応すらしない。

「リーザ、おい、どうした……？」

抱き起こそうとした瞬間、外で、何かが倒れたような音がした。

――こんな夜中に、庭に人がいる。

ヴィルヘルム君も気づいたようだ。腰の剣に手をかけ、庭の様子をうかがっている。鋼《はがね》のように鍛《きた》えあげた彼の全身から、ただならぬ警戒の気配がにじみ出ていた。

「閣下、今の音は」

「だれかが雪の上で滑って転んだようだ」

「ええ、私も同じように思いました。招かれざる客ですね」

だとしたら、敵をここに入れるわけにはいかない。

私は持ち前の馬鹿力で近くの客間から大きな鏡台を引きずり出し、玄関から通じる扉に置いた。

これで玄関からは、居間へ入ってこられない。

あとは、裏口の戸。こちらは不意の侵入に備え、居間との間に鉄の鎧戸《よろいど》を設けてある。

それを閉めれば、居間での籠城《ろうじょう》準備は完了。多少の時間は持ちこたえられるはずだ。

私は居間に続いている台所と、その隣の小部屋にいた執事や召使いたちに言った。

「庭に賊《ぞく》がいる。皆、いつもの手はずどおり、二階に避難していてくれ」

二階には、父が作らせた襲撃回避用の大部屋がある。そこから地下に続く秘密通路に抜け、我が家の建てられている丘の麓《ふもと》へ抜け出すことも可能だ。

普段から避難方法を言い含めてあるので、召使いたちは一斉に二階へ駆け上がってゆく。

「旦那様、奥様はいかがされました」

執事の問《とい》に、私は暖炉の上に飾ってあった槍をはずしながら答えた。

「わからんのだ。急に倒れた。二階で介抱してやってくれないか」

「畏《かしこ》まりました！」

「ヴィルヘルム君も二階へ避難しなさい。私も適当に様子を見たら逃げ……」

言いかけて私は絶句した。

ヴィルヘルム君は帯剣し、背中に石弓まで背負っている。もしかして私が使用人やリーザを逃している間に、自室で準備してきたのだろうか。

なんというやる気だろう。どの武器も実戦向きの無駄ひとつない作りだ。

「いえ、捕らえましょう。庭にいる侵入者は剣を持っているようです。目的を吐かせたい」

眉ひとつ動かさず、ヴィルヘルム君が言った。

彼の言うとおりだ。かすかに聞こえてくる音は、金属がこすれ合う音。

しかし妙だな。襲ってくるならアイシャ族だと思ったのだが。

大氷原で生まれ育ち、年中雪を相手にしている彼らが、雪で転んだりするだろうか……

よし、捕らえて顔を見てやるか。

そう決めて、私は居間と廊下の明かりを消し、大声をあげてみた。

「だれだ！」

「気づかれた！　急げ！」

押し殺したような声が飛ぶ。

私はヴィルヘルム君を見て、懐《ふところ》から予備の手袋を投げて渡した。

「ヴィルヘルム君、手を保護しなさい。剣が握れなくなる。ローゼンベルクでは、まず寒さに備えるのが何より大事だ。特に夜中、外に出るときはな」

慌てた様子もなく手袋をはめているヴィルヘルム君に、靴先に入れる小袋も渡す。

辛子が入っているそれは足先が冷えすぎないようにするもので、わりと効果がある。

「ありがとうございます、閣下。私は雪に慣れない身ゆえ、転ばないようにしないと」

それにしても、さすが近衛隊員《このえ》。冷静だな。

外から押し入ってきたと思《おぼ》しきだれかが、扉の向こうで喚《わめ》くのが聞こえた。

「何かが突っかえていて扉が押せない」

開くわけがない。そこには私が鏡台を置いたからな。

「ほかの入り口！」

だれかが庭を走っていく。やはり、おかしい。雪に慣れていない足音だ。

広い館の周りを走り回る彼らには気の毒だが、ほかに入り口はない。体力を消耗すればいい。

「どこからも侵入できません！　客間から侵入を試みましたが……」

「撤退の余力を残さなければ」

何かを話し合う声が聞こえた。

撤退の余力ということは、歩いてのこのこ来たのか。ローゼンベルクの寒さを甘く見ているな。

「だめだ、一度戻るぞ」

「ですが、あの姫をなんとしても……」

「今は無理だ！　くそ、なんて寒さだ、ド田舎《いなか》め」

……姫？　リーザのことか？

次の瞬間、よたよたと何人かが走り去る音が聞こえた。

「ふん……」

私はヴィルヘルム君にうなずきかけ、そっと勝手口へ続く扉の掛けがねをはずした。

気配をうかがいつつ、庭に出る。庭の雪は彼らに踏み荒らされており、数人分の足あとが裏門へ続いていた。

「あそこから逃げたようですね、閣下」

ヴィルヘルム君が軽やかな足取りで近づいてきて、私に囁《ささや》きかけた。

もう雪に慣れたのか。未だに転んできゃーきゃー言ってるリーザとはえらい差だな。

私はヴィルヘルム君を従え、気配を殺して、足あとをたどりはじめた。

あいつらを追い、隠れ家を突き止めて戻ろう。――賊《ぞく》の狙いは、リーザだ。


足あとは途切れることなく、街はずれの宿に続いていた。

降り続いていた雪がやんでしまったことは、襲撃者にとっては誤算だったに違いない。

「閣下、あの宿のようです」

「そうだな……」

「ずっとそんな、重い槍を持っていてお疲れになりませんか？」

私は首を振った。

「いや？　別に大丈夫だ」

鋤《すき》や鍬《くわ》よりは軽いしな。だがその回答に、ヴィルヘルム君が目を見張る。

「なんというお力でしょう。信じられない」

私は苦笑し、ヴィルヘルム君に片目をつぶってみせた。

ローゼンベルクの男は剛力自慢なんだ。私もその例に漏《も》れない。

「ヴィルヘルム君、宿の様子を見てきてくれ」

「畏《かしこ》まりました」

槍と私を見比べていたヴィルヘルム君が、我に返ったようにスタスタと歩いていった。

しばらくすると、宿から転がるように何人かの男たちが飛び出してくる。

「てめえら、犯罪者だったのかぁっ！　そんなやつらをうちの宿に泊めておけるかぁ！」

筋骨隆々《きんこつりゅうりゅう》の宿の主が叫ぶ。彼が巨大な棒を振り回して、茶色い髪の男たちを叩き出している様子が見えた。

私は思わず、目を覆う。この宿の主人は私の幼なじみなんだが、昔から異様に正義感が強いのだ。

宿の客を訪ねてきたヴィルヘルム君を不審に思い、なんの用だと詰問したに違いない。

そしてヴィルヘルム君は、助力を求めるべく、正直にすべてを話したのだろう。

……その結果がこれだ。

私は槍をかまえ、破れかぶれになって切りかかってくる男を一突きした。穂先には覆いをかけてあるので、殺しはしていない。ふっ飛ばしただけだ。

「おう、なんだ、レオちゃんかよ！　なんなんだ、こいつらは」

宿の主人が喚《わめ》く。公衆の面前でレオちゃんと呼ぶなと言って聞かせているのに。やはり幼少時からの癖は抜けないものなのか。

「おい！　お前は縄を持ってきてくれ」

「縄？　縄？　はいよ！　えっと、どこにしまったかな」

私の頼みで引っこんでゆく宿の主を背に、ヴィルヘルム君がすらり、と剣を抜き放った。

私が、飛びかかってくる二人目を槍尻で突き飛ばすのと、ヴィルヘルム君が残りの二人を雪に沈めるのは同時だった。

一人は蹴りで、もう一人は鞘《さや》に収めたままの剣で殴られ、ふっ飛ばされたらしい。

ヴィルヘルム君の攻撃は、彼らに剣を抜く余裕すら与えない。

なんという動きだ。稲妻のようではないか。

起き上がろうとする男の頭を槍の柄尻《つかじり》で押さえつけつつ、私はヴィルヘルム君に叫んだ。

「おい、殺すなよ！」

「はい」

眉ひとつ動かさず、冷静な声でヴィルヘルム君が答える。

いいなあ……こんなすごい若者を、一人くらい私の下で育ててみたい。近衛《このえ》隊は優先的に精鋭を採用できて羨《うらや》ましいと常々思っていたんだ。

まあ、ローゼンベルク男児の『力仕事なら俺に任せろ！』っていう気迫も素晴らしいんだが。

「レオちゃんよ、縄あったぞ！　よし任せろ、坊主《ぼうず》、手伝え」

「俺は坊主《ぼうず》ではない……」

坊主《ぼうず》呼ばわりされたのは不服なようだったが、ヴィルヘルム君は宿の主とともに、倒れた男たちを手際よく縛り上げてゆく。

四人を縛り終え、舌を噛《か》まぬよう猿轡《さるぐつわ》をして、私は腕組みをして彼らを見下ろした。

やはり、思ったとおりだ。

襲撃犯はどう見てもアイシャ族ではない。それに、カルター人でもないように見える。

「閣下。国境警備軍に連絡し、こいつらの尋問の手続きを開始いたします」

「あ、ああ、そうだな、行こうか」

「閣下は屋敷に戻ってください。リーザが目覚めていたら不安がっているはずなので」

ヴィルヘルム君がそう言ってくれた。

そうだ、私は一度、リーザのもとに戻らねば。

縛り上げた男たちを見張る幼なじみに手を振り、私は屋敷への道をたどりはじめた。

リーザはもう起きているだろうか。あれは眠ってしまっただけだよな、と思いながら。

……もしリーザが何かの病《やまい》だとしたら、私は平常心ではいられない。

◆

「旦那様ぁ！　ヴィルー！　ポンタロス！　シュネーちゃーん！」

大声で叫んでも、だれからも返事がない。みんな、どこに行ってしまったのかしら。それにわたし、いつの間にここに来たんだろう？　気づいたら、わたしは何もない場所に立っていた。

ふと気づくと、目の前に、大きなお人形を抱いたお兄様が立っていらっしゃる。

わたしは驚いて目を凝《こ》らした。

よく見たら、お兄様が抱いているのは、お人形ではない。白衣を着た、真っ赤な髪の若い女の人だ。彼女の胸元には小さな首飾りが揺れている。

血の気のないその顔は、凍りついているかのようだった。

「ジュリアスお兄様、その人はだれ？　生きているの？」

わたしは、お兄様にそう問いかけた。

けれど、お兄様は何も答えてくださらない。わたしとお兄様の間に厚い氷の壁があって、声が届かないのだ。

「お兄様！　お兄様！」

わたしが叫ぶと、目の前の氷の壁にぱんっとヒビが入る。そして、お兄様に抱かれた女の人が、不意に目を開けた。その人がわたしを見て、にっこりと笑う。

彼女の明るい緑の瞳を見た瞬間、なぜか胸に懐かしさがこみ上げた。

――わたし、この人を知っている。

「……か……せ」

震える唇を開き、彼女の名前を呼ぼうとしたとき、わたしは反射的に振り返った。

異様な視線を感じたからだ。

わたしの背後の空に、銀色の月が浮かんでいる。純銀《じゅんぎん》の色をした、ふたつの月。

いや、違う、あれは月ではない、だれかの目だ。

――銀色の目が、わたしをじっと見ている。

全身に、鳥肌が立った。そのときだった。

「わん！　わん！」

甲高い子犬の鳴き声とともに、不意に目の前が眩《まぶ》しくなった。銀色の目も、お兄様も、女の人の姿も、光に溶けて消えてしまう。

「わんっ！」

――目を覚ますと、シュネーが甘えるようにわたしの顔を覗きこんでいる。

わたしはしっぽを振っているシュネーをそっと撫《な》でた。

「ヴィルと旦那様はどこに行ってしまったのかしら？　ねぇ、シュネーちゃん」

そのとき、執事さんが部屋を覗きにきて、「ちょっと揉《も》め事がありましたが、もう大丈夫です。旦那様とヴィルヘルム様が外出されましたが、じき戻られるでしょう。奥方様はおやすみください」と言ってくれた。

揉《も》め事ってなんだろう。

二人ともどこに行ったのかしら。寒いのに大丈夫かな。

毛布をかぶりシュネーを抱いて、わたしはボソリとつぶやいた。

「……なんかね、さっき、変な夢を見た気がするのよ」

そうつぶやいた瞬間、不安になった。

さっき見たのは、お兄様の夢だったような気がする。

わたしはなんだか落ち着かなくなり、そっと寝台を抜け出した。

お屋敷の端の物置部屋で、わたしは無造作に荷物に突っ込んだままにしていた手紙の束を取り出した。

王都から届いたお兄様の手紙だ。五通もたまっていた。

開封して読んでみると、ヴィルが来ることも、身の危険に備えろという注意書きも書いてある。

わたしは、ちゃんと読まなかった。大事な手紙なのに、どうして読まなかったのだろう。

どの手紙にも、お菓子ばかり食べないように、髪を梳《と》かして結ぶように、服装を整えるようになどということが書かれてある。お前は行動が突拍子もないので、何か心配事があっても勝手な行動をせず、周りに相談してから動くように、とも。

いつものお小言ばかりだ。

白い紙の上で踊る流麗な文字を追っていると、お兄様がそばにいるみたいに感じられて涙が出た。

わたしはなぜ、こんなにわたしを心配してくださっているお兄様の手紙を読まなかったのだろう。しかも一度も返事を書いていない。

『あの人』を亡くしたお兄様が、平穏なお気持ちで政務に励まれているわけがないのに……

「あれ、っ……『あの人』って、だれ？」

何かを考えようとした瞬間に強い眠気を感じ、わたしは壁にもたれかかった。

だめだ、眠くて我慢できない。わたしは床に座りこんで、目をつぶってしまった。


「リーザ」

旦那様に呼ばれて肩を揺すられ、わたしは目を開けた。

いつの間に寝ていたのだろう。

シュネーが旦那様の足元でぴこぴことしっぽを振っている。

「どうしたんだ、こんなところで……。シュネーがここにいると教えてくれなければ、頭を掻きむしりながら街中を探し回るところだった」

旦那様は、額《ひたい》に汗を浮かべている。とても心配をかけたのだとわかり、胸が痛んだ。

そしてあたりを見回してびっくりする。ここは、物置に使っているお屋敷のはずれの部屋だ。

わたしはいつの間に寝室から出たのだろう。ここに何をしに来たんだろう？

何かをしようとした気がするのだが、思い出せない……

「ごめんなさい」

「さ、もう、みんな寝ているよ。ヴィルヘルム君も帰ってきた。お前も休みなさい。私は風呂で汗を流してくる。明日はお前を医者に見せなければな」

「は、はい……」

うなずき、お部屋から出てゆく旦那様を見送った。

そのとき、ひらめいた。だれも起きていない……と、いうことは――

「そうだ！」

わたしは、寝かせるときに使っている柵にシュネーを入れた。

それから、着替えを持って旦那様のあとを追う。

久しぶりに一緒にお風呂に入り、お背中を流してさしあげよう。

そっとお風呂の様子をうかがうと、はぁ、という重苦しいため息が聞こえた。

最近、旦那様はため息ばかりついているし、何もせずに眠ってしまう。ずっと仲良しだったのに、さっさと寝なさいと言って、自分もぐうぐう寝るのだ。

さすがに寂《さび》しくなってきた。

旦那様と自分の服を棚に置き、脱衣所の内鍵をかける。

それから、そーっと服を脱ぎ、体を洗う布で胸のあたりを隠して、扉を開けた。

「わっ！」

浴槽でくつろいでいた旦那様が、わたしを見ると目をまん丸にした。

口もぽかんと開いている。その表情に、思わず噴き出す。

旦那様にほほえみかけたあと、わたしはさっさと体を洗う。そしてまだ口を開けている旦那様と一緒に浴槽に浸かって、ぎゅっと抱きついた。

旦那様の肌に触れると、すごく安心する。

「びっくりしてらっしゃるのね！」

「あ、ああ」

旦那様がざぶざぶとお湯で顔を洗った。

「あ、上がろうかな、もう」

「まだお体が冷たいです、旦那様」

そう言って、彼の広い肩に頭をのせた。わたしは本当に、旦那様が大好き。

とても強面《こわもて》で威厳があるのに優しいところも、道に動物が捨てられていると絶対拾ってくるところも、すごく好きだ。

「お体、わたしが洗ってさしあげます」

わたしは少し強引に旦那様を洗い場に座らせ、せっけんを泡立てて背中をこすった。旦那様はされるがままになっている。

「旦那様、いつもお仕事お疲れ様です」

「あ、ああ、うん……」

旦那様の広い背中を洗いながらしみじみ思う。この人と結婚できて幸せだなぁ、と。

その思いに満たされながら、旦那様の背中に抱きついた。

肌に触れていると、心も通じ合えるような気がする。

でも、そのとき。

「なんだか、すまんな」

こちらを振り返らず、旦那様が暗い声で言った。

「え？」

顔を覗きこんだが、そむけられる。

不安になってさらに抱きつき、旦那様の肩口にもたれて尋ねた。

「なんの話ですか？」

「いい年なのに、ちゃんと父親がわりを務められなくて、すまないな」

「え、何……」

父親？　旦那様は今なんておっしゃったの？

「いや、やっぱり私とお前は年齢差からいって親子みたいなものだし。その、これからは父親がわりだという自覚を持って、ちゃんとお前の保護者を務められるようにしようと思って。だから、妙な真似《まね》も慎《つつし》むべきかと考えていて、うん」

何？　父親代わり？　――親子!?

しばらく旦那様のおっしゃる意味がわからなかったが、じわじわと怒りが湧いてきた。

「リーザ？」

「違います！」

あまりの悔しさに言葉を失う。なんでわたしが、旦那様の子どもなの？

唇を噛《か》んで旦那様を睨《にら》みつけ、彼の前に回って膝の間に体をねじこみ、思い切り抱きついた。

「違う！　わたしは娘ではありません！　夫婦なのに、どうしてそんなことおっしゃるの」

「リーザ」

「意味がわからないことをおっしゃらないで！」

怒りのあまり、さっきまでのふわふわとした幸せが吹き飛んだ。

旦那様の水色の目を睨《にら》みつけ、さらに言う。

「わたしは旦那様の妻なのに」

「で、でも、あの」

わたしは唇を噛《か》みしめ、困惑したような顔をしている旦那様としばらく見つめ合った。

やっぱりわたしは、妻としては落第点なの？

旦那様はこんなに立派な方なのに、わたしが頼りないからそんなふうにおっしゃるの？

「……わたしにご不満がおありなのですね？」

「リーザ、いや、その……そうじゃない」

「わたしが奥様らしくないから、子どもみたいだと思われたのかしら……」

わたしは唇を噛んで旦那様の首筋にしがみつき、体をぎゅっと押し付けた。

旦那様が、たくましい腕をおずおずとわたしの背中に回す。

「わたしの何がだめなのですか。どうして子どもだなんておっしゃるの！」

「いや、何もだめではないんだ。ただ、なんというか、お前は若くて綺麗だが、私はただのおっさんだなと……いてっ」

わたしは腹立ちに任せ、旦那様の二の腕をつねった。

なんということ。ただのおじさん？　旦那様は鏡をご覧になったことがないのかしら。

「……わたしのこと、妻失格だとおっしゃっているのかと思いました」

「い、いや、違う！　断じて違うぞ、誤解しないでくれ」

わたしは興奮のあまりにじんだ涙を、お風呂のお湯で流して誤魔化《ごまか》した。

どうやら『妻失格』というのは、わたしの誤解だったらしい。

どうしようかと思った。大好きな旦那様に突き放されるなんて、悲しすぎる。

「旦那様、わたしを妻と認めてくださるなら、二度とそんなことはおっしゃらないでくださいませ」

「そうだな、すまん……私がどうかしてた」

「いいえ、旦那様。お体をお流ししますね」

わたしはいったん体を離し、お湯を汲んで旦那様の体についたせっけんを流した。

それから自分の体のせっけんも流し、旦那様の腰の布をはずして床に膝をつく。

「……よしなさい。あの、その、私はもう風呂を出るから」

旦那様が焦ったようにわたしの頭を押したが、振り払って遠慮なく手を伸ばす。

そのまま、舌先でご挨拶《あいさつ》をした。

「リーザ、やめ……！」

口ではやめろとおっしゃるが、旦那様はとても元気になった。

さっきから存在を主張しているし、可愛がってさしあげたい。

わたしが子どもなんかじゃないことを、思い知らせてあげなくちゃ。

「あ、また大きくなりました」

「もう風呂から出るから！」

「お待ちくださいませ」

わたしはもう一度、旦那様のものにゆっくりと舌を這《は》わせる。

旦那様も逃げようとなさらないので、きっとお嫌ではないのだろう。

何より、こうして可愛がることを教えてくださったのは旦那様だ。

「ちょっ、リー……」

唇で軽く咥《くわ》えた瞬間、旦那様のたくましい体がびくりと跳ねた。

心が昂《たかぶ》るままに、旦那様の足の間に顔をうずめる。

お疲れの様子の旦那様だが、もうちょっとだけ付き合っていただこう。

◆

私は体をぬぐうのもそこそこに、リーザを寝台に押し倒して無我夢中《むがむちゅう》で抱いた。

我が家はさっき刺客に襲われたばっかりなのにな。

こんなことをしてる場合じゃないのは百も承知なのだが、あんな真似《まね》をされたら収まらない。

何度もリーザの唇に自分の唇を重ね、その甘い舌を貪《むさぼ》った。

「んっ……あっ……ねえ、わかった……？」

リーザがいやいやと頭を振って唇を離し、息を乱して尋ねてきた。

質問するならもうちょっとお手柔らかにしてほしい、と思いながら、再びリーザの唇をふさぐ。

「ぷはっ……わかった？　ねえ、わたしの気持ちわかった？」

リーザが、再び唇を離した。よほど話したいらしい。

「わかってる……？　ねえ、旦那様……んあっ……！」

リーザが赤紫色の大きな目をうるませ、抑制のきいていない喘《あえ》ぎ交じりの声で言う。

ぐ、と熱い肉の締めつけが強まった。

「あ、あ、ああ……っ、やだ、やだ、これ、すきっ……」

白くて細い足を私の腰に絡め、豊かな乳房を押し付けながら、リーザが悲鳴のような声で叫んだ。

「だんな、さまぁ、わかった？」

卑猥《ひわい》な水音を立てて私のものを受け入れつつ、リーザは焦《じ》らすように体を上下させる。

「リーザ、こら！」

あまりの気持ちよさに全身から汗が噴き出す。リーザ、お前は短期間で上達しすぎだ……！

「ひぅっ、あ、あ、やだぁ、おっきいっ」

なんなのだ……リーザは私を爆発させせたいのか……

「旦那様のこと、すっごく好きなのわかった？　好き、旦那様が好きなの、わかってくれなきゃ、だめ……っ、やぁッ、あ、っ、あ……旦那様の、すごぃ……ふ、ぁ……」

――だからそういう声を出すな！　興奮してあっという間に果ててしまったではないか！

「ひあ、っ」

抜くときまで敏感な声を出すリーザを抱きしめ、私は目をつぶった。

つくづくと実感した。誤魔化《ごまか》しきれないほど愛している。

ちょっと、いやかなり年齢は離れているが、リーザは私の妻だ。

一人で思い悩んだ結果の『お父さんがわりになります宣言』なんて、永遠に撤回しよう。

「リーザ、すまなかったな、つまらないことを一人で悩んで。これからはなんでもお前と話をする」

嫁が子どもみたいだと陰口を叩かれて、イジケた挙句、勝手に父親宣言するなんて。ああ、こうして言葉にすると本当に痛々しい。自分は齢《よわい》四十にして幼すぎた。

「はい……そうしてください、旦那様！　なんでも話してください！」

リーザが小さな顔をパッと輝かせ、嬉しげに額《ひたい》をこすりつけてきた。可愛くて泣ける。

「そういえばリーザ、お前はなぜあんな部屋で眠っていたんだ」

私は腕に抱いたリーザに尋ねた。

「え、それは……お兄様の手紙を探そうと思って……それで……」

リーザがにっこり笑って、何かを答えようとする。

そしてそのまま、スヤスヤと眠りに落ちてしまった。まったく、寝つきのいい娘だ。

私は苦笑し、リーザの体に毛布をかぶせて抱きしめた。

「リーザ、明日は砦《とりで》に移ろう。族の襲撃もあった。この屋敷は警備が手薄だからな」

リーザは薔薇《ばら》色の頬でぐっすりと眠りこけている。

よほど眠かったんだろうな、と私は苦笑し、目をつぶった。

だが……翌朝になっても、リーザは目を開けなかったのだ。

つついても揺すっても目を開けない。ただひたすら、リーザはスヤスヤと眠り続けていた。

第五章

リーザとヴィルヘルム君を連れて、取り急ぎ国境の砦《とりで》に避難してから半日経った。

だが、リーザはまだ目覚めない。

眠りこける我が愛妻を前に、医者が首を振る。

「現代の医学では悪いところは見当たりません。頭に血腫《けっしゅ》があるような様子もなく……」

「では、なぜ目覚めないのですか」

私は医者にそう訴えた。普通の状態だとは思えない。リーザは一向に目覚めようとしないのだ。

「精神的に負担がかかっているのかもしれない。こちらの生活がおつらいんですかね」

「そんな」

どんどん不安になってくる。

確かに王都育ちのリーザには、ローゼンベルクの暮らしがつらいのかもしれない。

「頭痛や吐き気を訴えられましたら、とにかく頭を動かさないようにしてください。申し上げにくいのですが、頭の中に病変があったとしたら、あとは運です」

そう言って、医者は帰っていった。

リーザは桃色の頬ですやすやと眠っている。

連れてきたシュネーは、温かい毛布を入れたかごの中で大人しくしていた。体が大きくなってきたポンタロスは、面倒見のいい老犬と一緒に過ごさせているので大丈夫だろう。

リーザが倒れたことが、こんなにつらいとは思わなかった。

もちろん仕事で考えねばならないことは山のようにある。

アイシャ族が起こした爆破事件をどうするかは、王都からの回答待ちだ。アイシャ族と一緒に、大やけどで担《かつ》ぎこまれた外国人の正体は、おそらくレアルデ人であろうと推定することしかできていない。

そして仮に、囚人が隣国レアルデの人間だった場合は……

考えるだけで頭が痛い。

国際問題に発展させたくはないのだが、念のため、西のレアルデとの国境守護隊も、人員を補強すべきだろうか。しかし下手に兵を動かし、レアルデとの間に軋轢《あつれき》を起こしていいものか。

「頭が痛いな……まったく」

問題は山積みだ。今の私は、己の妻よりも先に、国防と領民のことを考えねばならない。たとえどんなにつらくても、だ。

そろそろ、心を入れかえてしっかりしなければ。

「リーザ、私は少し仕事をしてくる」

気持ちよさそうに眠るリーザの髪をそっと撫《な》で、私は話しかけた。

すべすべの額《ひたい》に手を当て、どうか早くよくなるようにと祈って、後ろ髪を引かれながら部屋を出ようとする。

その瞬間、リーザがはっきりとした声でつぶやいた。

「エリカ博士……爆弾できました」

「えっ」

なんだ、今の言葉は。目が覚めたのかと思い、彼女の顔を覗きこむ。

エリカ博士とは、超強力な新型火薬を作りだそうとしていたという、エリカ・シュタイナー博士のことだろうか。いや、まさかな……

長年王城に幽閉されていたリーザに、博士と会話する機会があったとは思えない。

リーザは、相変わらずスヤスヤと眠り続けている。

やはり、リーザと亡き天才化学者に面識などあるはずがない。

「……ぐっすり眠って、早く目覚めておくれ、リーザ」

私は部屋を出て、アイシャ族対策本部を設けた会議場に向かった。

アイシャ族の怪我人の送還手続きの話や、有事に備えての砕氷船《さいひょう》の準備など、指示すべきことは山のようにある。

リーザにずっと寄り添っていられないのが、つらかった。

◆

「うう……」

夢を見ていた気がする。いつの間に眠ってしまったんだろう。頭がぼんやりして思い出せない。

ここはどこなのかしら？

一瞬不安になったが、目を覚ました部屋の壁に旦那様の外套《がいとう》が掛けてあるのを見てホッとした。

旦那様は近くにおいでみたいだ。わたしの上着も、毛布の上から掛けてある。

上着を羽織り、わたしは髪を下ろしたまま、お部屋の外に出た。

「うわぁ、なにここ、すごく広い……！」

目の前に広がっていたのは、石造りの驚くほど広い回廊だった。

なんて大きな建物なのだろう。

わたしは回廊の向こうに見える露台《ろだい》に出て、建物を見回す。

「わ、あ……！」

圧倒的な光景に、思わず、声が出た。間違いない。ここは、ローゼンベルク国境砦《こっきょうとりで》だ。西国レアルデと大氷原の蛮族の侵攻を食い止めるために、国境線のレーエ河沿いに建てられた、カルター最大の城塞《じょうさい》。

国防を一任された国境警備軍の本拠地だ。庭の中央に翻《ひるがえ》る国旗は、鷲《わし》と黄金の盾を縫《ぬ》いとった巨大な旗。

お兄様の衣装に刺繍《ししゅう》されているのと同じ柄だ。

「すごい……」

なんて圧倒的な建物だろう。ここが旦那様が守っている場所なんだ。

わたしはキョロキョロしながら、カルター城よりもずっと広い廊下を歩き、中庭に出てみた。

シュネーがいつの間にかわたしの後ろをちょこちょことついてくる。

「あれ、閣下の奥様」

木の棒を抱えた何人かの兵隊さんが、わたしに声をかけてくれた。その中には、暴漢に襲われたときに助けてくれた、金髪の男の人もいる。

「ご、ごきげんよう……皆様……」

わたしが挨拶《あいさつ》すると、彼がニコッと笑って、親指で国境の河のほうを指さした。

「奥様も魚を釣りませんか。美味《うま》いですよ」

わたしは、はじめて『釣り』というものをすることになった。

「わぁ、釣れました！　寒くても元気なのですね！」

「そうですよ、奥様。河が凍っている時期でも、この下にはたくさんの魚がいるんです」

氷の上にのるのも魚を釣るのもはじめてだ。氷にのるのは怖かったが、この時期は絶対に割れないとみんなが太鼓判を押してくれた。

兵隊さんが釣り糸を垂らしている穴を、わたしはかがみこんで覗いてみた。

氷がとても分厚くて、その下の水面すら見えそうにない。

わたしと同じように穴を覗きこむシュネーの前で、白い小さな魚が釣り糸にかかり、飛び出してくる。

シュネーはビックリしたように飛びのき、ピコピコとしっぽを振った。

魚釣りをさせてもらえて、とても楽しいし、嬉しい。

みんな、不慣れなわたしにきっと気を遣ってくれているのだろう。

「奥様もどうぞ。魚が逃げないようにそうっと糸を垂らして」

言われたとおりに餌をつけ、糸を垂らすと、ほいほいと魚が釣れる。

「これを揚げて食うと上手いんですよ」

「まあ！」

美しい氷のような色の魚で、食べるのは少し可哀想だけれど、楽しみだ。

「わたし、五匹も釣れました！」

「五匹じゃ腹が膨れねぇなぁ」

砦《とりで》の皆さんが笑うので、わたしもおかしくなって笑った。

「ほら、引いてますよ！　奥様！　釣れますよ！」

わたしたちは笑いながら、お魚をたくさん釣った。わたしも十二匹のお魚を釣って、大豊漁。

お昼は釣ったお魚を揚げる方法を習った。それから夕方まで、食堂の卓を拭いたり、お皿を磨いたりと、給仕係さんのお手伝いをして楽しんだ。

「もうこんな時間ね。わたし、日が暮れる前にもう少し砦《とりで》を冒険してまいります」

給仕長さんにそうお断りして、わたしは雪深い砦《とりで》の中庭に出た。

そのとき、向こうから犬を連れたヴィルが歩いてきた。

「おい、リーザ。お前、大丈夫なのか」

「なあに？　大丈夫よ。どうしたの、ヴィル」

小さなポンタロスが、ヴィルの足元でチョコチョコと走り回っている。その後ろにははじめて見る犬が悠然《ゆうぜん》とお座りをしていた。旦那様が以前、砦《とりで》で飼っているとおっしゃっていたそり犬だろう。

「お前が起きたときは喜ばせるために、屋敷から犬を連れてきてくれと閣下に頼まれた」

ヴィルが、握っていた二匹の犬の綱を離す。

長靴に飛びつくポンタロスを抱き上げ、わたしはふかふかの毛に頬ずりした。

「ポンタロス、お留守番させてごめんね」

甘えん坊のポンタロスが、嬉しそうにキュウキュウと鼻を鳴らす。

「あなたもありがとう。ポンタロスの面倒を見てくれて、いい子ね」

頭を撫《な》でると、お座りをしたまま雪の上でしっぽをふさふさと振り、その子が目を細める。

「嬉しいわ、寂《さび》しかったから。わたし、しばらくここに滞在するのかしら」

「ああ、閣下はその予定だとおっしゃっていた」

ヴィルヘルムがそう言って、「犬小屋はあっちだとさ」と指差し、わたしに背を向けた。

ピョンピョン跳ね回るポンタロスと、悠然《ゆうぜん》と歩く大きな犬を連れて、わたしはヴィルの背中を追う。

ヴィル、ずいぶん背が大きくなったなぁ。昔は『おチビさん二人』なんて言われていたのに。

今ではもう、ヴィルは立派な騎士様になってしまった。

「ねえ、ヴィル。わたしも剣の修行しようかな。剣を教えてくれない？」

今は、我が家が危険な状態なのだと思う。賊《ぞく》が押しかけてくるなんて。

せめて少しは自分の身を守れるようになりたい。

「いいでしょ？　わたし、旦那様の足手まといになりたくないのよ」

「お前には無理だ」

振り返りもせず、ヴィルが言った。なんで頭ごなしにそんなことを言うのかと文句を言いたくて、彼に追いつこうとしたら、氷を踏んで見事につるんと転ぶ。

「いたた……」

「走るなよ、どんくさいんだから」

ヴィルがすいすいと氷の上を歩き、転がってじたばたするわたしを起こしてくれた。

「ありがとう。もう嫌、わたし、氷の上をうまく歩けなくって」

そう言ってヴィルを見上げた。相変わらず不機嫌な顔をしている。

ヴィルはわたしが結婚してからというもの、ずっと不機嫌で、おめでとうと言ってもくれない。

もしかしたらわたしがぐずなせいで、イライラしているのかもしれない。

場を和ませようと、わたしは一生懸命話題を探した。

「あのね、ヴィル、旦那様の話をしていい？　旦那様、とっても動物にお優しいの！　わたし、動物に優しい人がやっぱり好きだなぁ。それに」

「なあ、お前、ローゼンベルクに来てよかったか」

「えっ」

唐突な問《とい》にわたしは驚いて立ち止まり、それから大きくうなずいた。

「ええ、来てよかったわ。幸せ！」

断言したわたしの顔を、ヴィルはじっと見つめる。

「……珍しいな、お前がそんな顔で笑うなんてさ。よくわかった、お前が幸せならいい」

そう言ってくれたヴィルの表情は、妙に冷たかった。

「ほら、小屋に着いた。犬を繋げ」

話をさえぎられ、突き放されたような気分になって、わたしはしぶしぶうなずく。

「うん……」

ポンタロスと大きな犬を空《あ》いている杭に繋ぎ、頭を撫《な》でて小屋をあとにする。

ヴィルが突然、機嫌の悪いときの低い声で言った。

「お前さ、なんのために俺が強くなったと思ってる？」

なんだか思わせぶりな言い方だ。わたしは腰に手を当て、ヴィルを睨《にら》みつけた。

「そんなの、お兄様を守るためでしょう？　それ以外に何があるの？」

そう答えると、ヴィルはうつむいた。

「まあ、そうだな。……そういえば、お前、爆弾作りはもうしないのか」

「えっ？」

「爆弾だよ。前にも言ったけど、お前、大学まで通って、あの博士とがんばって研究してたのに。ケロッと忘れたみたいな顔してさ」

爆弾。その言葉を聞いた瞬間、世界が暗転する。

気づけばわたしは、ヴィルに抱きかかえられていた。

「おい！　リーザ！　しっかりしろ！」

「え……あ、ごめん……なんか、眠くて……」

「リーザ、やっぱり最近おかしくないか？　もっとましな医者に見てもらったほうが」

「でも、もう大丈夫みたい。ごめんね、ヴィル」

「大丈夫って、お前なぁ」

ヴィルが何かを言いかけたが、わたしは黙ってほほえみ返した。

なんだろう。『何か』が、わたしの中にわだかまっている。でも、それがなんなのか探ろうとしても、わからなかった。……そういうときって、考えても仕方ないわよね。

わたしは妻として、忙しい旦那様のお疲れをどうやって取るかを、まず考えなくちゃ。


「……旦那様ぁ、夜中に二人でお風呂に入れていいですね、この砦《とりで》」

「リーザ、あのな、本当にわかってくれ。私がどれだけ心配したと思ってるんだ」

浴槽に並んで浸かる旦那様が、怖い顔をして深いため息をつく。

わたしはぐうぐう寝っぱなしで、どんなに起こしても起きなかったらしいのだ。

旦那様に、とても心配をかけてしまったみたい。

それなのに、わたしったら一日中砦《とりで》で遊んでいて……

旦那様に、さっきちょっと叱られてしまった。勝手に寝台を抜け出すなって。

「ごめんなさい。なんでそんなに寝ちゃったのかしら？　でも大丈夫。元気です」

「まったく、もう……」

旦那様はがっくりとうなだれ、ざぶざぶとお湯で顔を洗う。

「ふわぁー、広くていいなぁ。このお風呂、とっても気に入りました、旦那様」

わたしは、そっと旦那様にもたれかかった。

「お湯がなめらかだわ」

「ああ、うん、温泉を引いてるからな」

温泉かぁ。いっぱい浸かったら、旦那様のお疲れも取れるかな。

それに、最近おかしなわたしの体調もよくなるかもしれない。

……わたし、どうして最近、突然眠ってしまうんだろう。でも、体は元気。頭だって、痛くもなんともないのよね。

無意識に旦那様の腿《もも》をさすりながら、わたしは自分の体の具合をたしかめてみた。

うん、痺《しび》れも違和感も何もない。本当に元気。肩すら凝《こ》っていない。

「ねえ、旦那様……やっぱりわたし元気です。だからもう心配なさらないでね」

温かなたっぷりのお湯と、たくましい旦那様の体の感触。どっちも気持ちがいいな。

「あの、えっと……」

なんだか、旦那様の肌に触れていたら、妙な気分になってきた。無精髭《ひげ》の浮いた旦那様の横顔に見とれるわたしの体の奥に、ほんのりと妖《あや》しげな炎が灯《とも》る。

旦那様に触れたい。

わたしは膝立ちになり、旦那様の唇に自分の唇を押し付けた。

そのまま、旦那様の舌に自分の舌をそっと絡める。

旦那様ののどがゴクリと鳴った——そのとき。

「あ、っ」

わたしは旦那様に腕をつかまれ、そのまま引きずり上げられてしまった。

そうして旦那様は浴槽の縁に腰かけ、わたしをお膝の上に座らせる。

「だ、旦那様」

……向かい合って旦那様のお膝にのるなんて、恥ずかしい。

それに、どうしよう。

わたしのお腹を、大きく反り返った旦那様のものがくすぐっている。

今日はお疲れのはずなのにいいのかしら……

そう思いながら、わたしは少し腰を浮かせた。

旦那様の指が、わたしの足の間に忍びこんでくる。

「あ、あの、いいのですか……？」

「我慢できるわけないだろう」

唇と唇が触れそうな位置で、旦那様が囁《ささや》いた。

旦那様の広い肩にすがったまま、わたしは目を閉じる。

くちゅっ、という音を立てて、旦那様の指がわたしのなかに沈んだ。

わたしは体の芯に走った、甘い痺《しび》れに息を呑む。

「あ、っ」

「風呂のお湯で濡《ぬ》れたわけではないだろう、これは。ふ、すごいな、もうこんなに濡《ぬ》れて」

からかうように旦那様が言い、指をさらに奥へと滑りこませる。

片手でお尻を掴んで動けないようにしながら、旦那様がわたしの胸に口づけをした。

胸の先端の敏感なところを軽く唇で噛《か》まれ、わたしの目に涙がにじむ。舌先で優しく転がされ、

足が震えはじめた。

「ひ、あ、だんなさ、ま……はぁ、っ」

どうしよう、お風呂は声が響く。あまり声を出したらいけないのに。

「くたびれきった夫を、さらに疲れさせようなんて。リーザも意地悪を覚えたんだな」

「だ、旦那様、ごめんなさい、疲れさせようなんて、違うの……」

わたしは慌てて首を振った。しかし、旦那様は手を止めてくださらなかった。

困り果てたわたしの顔をいたずらっぽく見上げ、旦那様が少年のような笑みを浮かべる。

「続きをしてよろしいかな、奥様」

「あ……っ」

そのままわたしは、旦那様に強く腰を抱かれてしまった。

旦那様のものが、わたしの濡《ぬ》れた陰唇に触れる。

どうしよう、どうしよう、いいのだろうか。わたしはのどを鳴らし、息を呑む。

「挿《い》れたい。挿《い》れていいか、リーザ」

「は、はい……」

その瞬間、腰を支えていた旦那様の力が抜ける。ぬるぬるになっていたわたしのなかを、ぐっと旦那様のものが貫いた。

「ひぃ……っ」

わたしはとっさに旦那様の濡《ぬ》れた体にしがみつく。

待ちわびていたものを一度に与えられて、目の前に星が飛んだ。

「あ、あ、あ……っ、待って、待って、ぇ……っ」

滑ってしまって、うまく旦那様にすがりつけない。わたしは必死に体を浮かそうと努力した。

でも、だめ。旦那様に腰をがっしりと押さえられていて、逃げられない。

「あふ、っ、んっ、あ、あ、ああ……っ」

喘《あえ》ぐたびに胸が揺れて、旦那様の胸板を擦る。

「ああ、いいな、これは極上の眺めだ」

からかうような旦那様の声が耳に届く。

「あ、んっ、奥……いい……っ」

「いいのか？」

「は、い……」

「そうか、じゃあもう少し、かな」

旦那様が満足げに言い、わたしの足を開かせ、さらにがつんと奥を貫く。

胸を擦られ膣内を満たされて、わたしは必死に旦那様の腕にしがみついた。

「やぁ、ああ……だんな、さまぁ……っ」

のけぞっても、足に力を入れても、立ち上がることは許されなかった。

頭がくらくらするほどの快楽に囚われ、声をこらえるしかできない。

わたしは胸に、首筋に、やむことのない口づけを受けながら、ぶるぶる震える体で旦那様を強く締めあげる。

「ぁ、はぁ……っ、ねえ、声出てない……？」

わたしは旦那様の肩に頭をのせ、尋ねた。

異様な熱が体から湧き上がってくる。

「出ていないよ」

旦那様がそう言って、口づけをしてくれた。

背骨の上を旦那様の指が滑る。体を震わせて背をそらせば、乳房が旦那様の胸を擦ってしまう。

どこに触れても、何をされても、感じすぎて苦しい。

快感を逃すために必死で息を整えているけれど、だめだ。やっぱり、苦しい……

「ひぅ……っ」

一番深いところをゆっくりと突き上げられ、わたしは息を呑んだ。

「あ、あ、そこ、ダメェ……、ふか、い……あ、あ、ああああ……っ」

旦那様に触れている肌のすべてが、どろどろに溶けそう。

「んっ……あ、はぁ、っ」

突然、ずりゅっと生々しい音を立て、わたしの内壁が擦られる。

わたしは大声を出しそうになって必死に呑みこんだ。

わたしの腰を持ち上げた旦那様に、上下に体を揺すられる。擦られた内壁が、甘くじんじん痺《しび》れた。

「ひあ……っ、あっ、あっ、あ、あっ！」

動きに合わせてお湯の揺れるぴちゃぴちゃという音が、一層わたしを煽《あお》る。

「あ、あ、はぁ……っ」

大きな声で叫んでしまいそうだ。

わたしは旦那様の『意地悪』を止めようと、空《むな》しい努力を繰り返した。

「これ、だめ、ダメ……ッ……」

本当によすぎて、どうにかなりそうだ。

これ以上攻めたてられたらおかしくなると思い、わたしは旦那様の首にしがみついて訴えた。

「も、無理、っ、旦那様ぁっ」

だが旦那様はわたしを下ろしてくださらない。

「やぁっ、これ、だめぇ……っ、だめぇ、へんなこえ、でちゃうっ」

「聞こえるよ、リーザ」

「……っ！」

わたしは慌てて手の甲を噛《か》み、漏《も》れる声を抑えた。

体が燃えて、苦しい。我慢できない、もっと旦那様が欲しい。

「だんなさまぁ……」

激しくわたしの体を攻めたてる、たくましい彼の肩を掴もうとした。でも手が滑ってしまってうまく掴めず、体を支えられない。

ただひたすら、旦那様に貫かれ、愛撫《あいぶ》されるだけ。

「あ、あ、っ、いいっ……」

子どもみたいに泣きじゃくるような声が漏《も》れた。

わたしの内襞がひくひく震えている。

「やぁん、っ、んくっ……だ……な、さ、ま」

旦那様はわたしの体をギュッと抱きしめて囁《ささや》いた。

「すまん、リーザ。イッていいか」

「あ、あ……あ……」

旦那様の熱く硬いものを咥《くわ》えこんだ部分が、ビクビクと痙攣《けいれん》する。

息もできないほどの快楽に、体中が震えた。

わたしは、達して体をこわばらせる旦那様の胸板に、ぎゅっと体を押し付けた。

旦那様の熱がわたしのなかに広がる。

「は、あ……っ」

愛おしさで胸がいっぱいになり、わたしは旦那様の頭を抱いて、短い髪に頬を寄せた。

こうやってしばらく、情交の余韻《よいん》に身を任せるのが好きだ。

わたしは、旦那様が本当に好き。苦しいくらいに好き。

抱き合っているときだけは、どんな不安も忘れられる。

しばらく何も言わずに濡《ぬ》れた体で抱き合い、呼吸が落ち着いたころに旦那様に尋ねた。

「……あの、声出てなかったですか？」

「うーん」

旦那様が声を低くした。

もしかしてとんでもない大声をあげていたのかと思い、恐ろしくなって体を離す。

素肌に、冷気がまとわりついた。

「冗談だよ、静かだった」

旦那様が笑いを含んだ声で言う。

「もう！」

噴き出した旦那様にぎゅっと抱きつき、わたしは目を閉じた。

◆

リーザが急に眠りこむことは、アイシャ族の侵攻とは別次元で、私にとって大きな懸念事項だ。

医者に『今の暮らしがつらいのかもしれない』と言われたことも気になる。

そこで私は、必死で仕事を調整し、ヘルマンやほかの将校に頼みこんで、なんとか半日だけリーザと二人で過ごせる時間を確保した。

たまには二人で外に出かけ、リーザに美味《うま》いものでも食わせてやろう。

気晴らしをさせてやれば、精神的な負担も軽くなるかもしれない。

砦《とりで》の近くに彼女が喜んでくれそうな珍しい場所がある。

露天風呂だ。

――この期に及んで、まだ若い嫁と風呂に入りたいなどと考えている私を笑えばいい。

「嬉しい、旦那様とお出かけなんて。ここは露天風呂というのですね！」

リーザはそう言って、服を脱ぐ。薄い肌着一枚になって、同じく裸になった私の服を、不器用にたたんでくれた。

「あ、あの、お背中お流しします……ね」

「あ、あぁ」

リーザの肌を目で堪能したあと、重々しくうなずく。

美しい上に、最近むっちりしてきて、色香を増したように思う。

「ふー」

落ち着きを取り戻そうと、私は天井を仰いだ。

いい湯だ。仕事で疲れたおっさんの体を芯からほぐしてくれる。

「あったかい」

リーザが桃色に染まった肌で、嬉しそうに笑った。

「疲れが溶けていくようだな」

ため息をついて目をつぶる。

リーザは大喜びだ。医者の言うように、もし精神的な疲れがあるのならば、どこかに小旅行をして、少しでも気分転換できればいいのだが。

露天風呂を囲む木々の間から、国境の砦《とりで》が見える。

本当は、普通の若い夫婦のように、リーザを物見遊山《ものみゆさん》にでも連れていってやりたい。

だが、氷将レオンハルトの細君に納まった彼女は、そんな楽しみすら味わえないのだ。

申し訳ないと心から思う。

「旦那様ぁ」

「なんだ」

「露天風呂、はじめて来ました。楽しいです」

「そうか」

王宮に閉じこめられて育った身の上ゆえ、なんでも楽しいのかもしれない。

無邪気に喜んでいる姿がほんの少し哀れに見え、愛おしさがこみ上げる。

「楽しいならよかった、リーザ」

私は目を細め、白い顎《あご》を引き寄せて口づけをした。リーザはうっとりと目を閉じている。

「あとで、お前が見たがっていた市場へ行こうか」

「はい……！」

リーザがぱちりと目を開き、顔を輝かせる。

「生の魚が食えるぞ。冬の魚は身が締まっていて美味《うま》い」

「そうなんですか」

リーザが不思議そうに首を傾げ、私の腕に寄りかかって「生のお魚」とつぶやいた。

可愛い。妻が可愛くて仕方がない。

どうしたら、私はリーザをもっと幸せにしてやれるんだろうか。

◆

不肖《ふしょう》この俺、ヴィルヘルム・アイブリンガーも、温泉というものに入ることになった。

一介の警護担当に過ぎない俺にも、ローゼンベルクの名物を味わわせてくださるレオンハルト閣下に感謝だ。露天風呂というのはローゼンベルクの名物で、この風呂に入るためにやってくる人間があとを絶たないのだという。

本当に外に風呂があるんだな……

俺は恐る恐る服を脱ぎ、寒さに震えながら、岩にたまった湯に足を入れた。

外で入浴する開放感と、温泉の泉質のよさ。

湯の中で体が溶けていくように感じる。なんという心地よさだ。

「ふー、いいもんだな、これは」

王都にいる家族もこの『露天風呂』に入れてやりたい。時間ができたら連れてこよう。

特に体を休めてほしい母は、リーザの乳母《うば》でもある。俺を身ごもっていたとき、若くて乳の出がよさそうだと採用された。

母は王女様と息子、二人の乳児を抱えて大変だったが、楽しかったといつも話している。

商人の娘である母が王家の姫の乳母《うば》に選ばれた理由は、正妃様の意向だったらしい。

『側女の産んだ姫に、自分の産んだ姫たちと同じ、貴族らしい教育など受けさせたくない』と。

だからリーザは『王族らしい豊かさ』、『贅沢し放題の暮らし』などを知らない。

正妃は心臓発作で急死した日の朝まで、『あの女の娘に贅沢などふさわしくない、市井《しせい》の女のように品のない育ち方をすればいい』と、呪うように言っていたと聞く。

だが、正妃の呪いをよそに、リーザは身も心も美しく、思いやり深い娘に育った。母が心を砕いて精一杯の愛情をリーザに注いだからだろう。

自慢の種だったリーザの結婚を、母は心から喜んだ。

『姫様のそばに上がるなら、私の分もしっかり新婚生活をお手伝いしてね』

母に念を押されたことを思い出し、腹の底からため息が出た。新婚生活の手伝いって、みじめな振られ男に何をしろというのか。嫉妬《しっと》でどうにかなりそうだ。

氷のような無表情を保ち、閣下に失礼のないように振る舞うだけで、俺は精一杯だ。

幼い頃から一途に愛し続けた『姉』のリーザは、今はもう人妻なのだ。俺のことを弟と思い、男として扱ってはくれなかったリーザの、幸せそうな笑顔が脳裏をよぎる。

『氷将レオンハルト』という偉大な男を見ていれば俺に勝ち目なんてないとわかる。

ローゼンベルクは、カルター王国で唯一の『国境』を持つ街だ。近くには、西のレアルデ王国と、北の大氷原に居住するアイシャ族。両方とも常に監視している必要がある。

そんな軍事的な最重要拠点を守り抜いてきた将軍様に、ひよっこの俺なんか絶対かなわない。だから早く、リーザへの未練を断ち切ろう。

木々の隙間から覗く青空を見上げ、俺はぼんやりとつぶやいた。

「陛下からの預かりもの、使う日が来ないといいな」

懐《ふところ》に肌身離さず入れている『とあるもの』を思い、俺はため息をついた。

ローゼンベルクは、基本的にのどかで広々とした田舎《いなか》町だ。

とはいえ、ここは国境地帯。閣下に守られ、平和を満喫できているだけで、いつ何があるかわからない。もちろん、何も起きてほしくはないのだが……

◆

恐る恐る生魚の切り身を口に放りこんだリーザに、私は尋ねた。

「どうだ、美味《うま》いか、リーザ」

「むぐ……」

リーザが生魚を頬張ったまま、目を白黒させる。

口に合わなかったのだろう。王都の人間に、魚を生食する習慣はないから。

「吐き出していい、ほら」

顔の前に手を差し出してそう言うと、リーザが困った顔で魚の切れ端を呑みこんだ。

「口に合わなかったかな」

細い肩を抱いて言うと、リーザは申し訳なさそうにうなずいた。

「じゃあ、これはどうだ」

甘辛いたれで焼いた串焼きの肉を差し出すと、今度は目を輝かせてかぶりついた。

「美味《うま》いか」

「はい！」

ほんのり桃色の小さな頬を汚しながら、リーザが夢中で串焼きをかじる。

私は思わず噴き出し、束からこぼれ出た柔らかな細い髪を、髪留めの中に押し戻してやった。

「落ち着いて食べなさい」

「はい、おいしいです」

リーザが慣れない仕草で、再び串にかぶりついた。

私も串から肉を抜き、フォークで突き刺して口に放りこむ。

「どうした、リーザ」

「お肉は、旦那様がなさったみたいに、この棒から抜いたほうがいいですね」

「どうやって食べてもいいんだ。ここの食事に礼儀作法などない」

「そうなの？」

しばらく何かを考えていたリーザが、再び肉にかぶりつく。

何をしていても、妻は愛らしい。行動に裏表がないところが、私の庇護欲《ひごよく》をかきたてる。

ひとしきり食べたあと、満足した様子のリーザの顔を引き寄せ、懐《ふところ》から出した布で拭いた。

「ベタベタに汚れているぞ。可愛い顔が台なしだな」

「わたしは可愛くない……です。変人ですから……」

リーザが耳を疑うようなことをつぶやいて、耳まで真っ赤になった。

人前で褒められ、照れているのか。

あまりの可愛さに舞い上がり、顔を覗きこんで言ってしまった。

「いや、可愛い。ものすごく可愛いぞ」

リーザは首まで真っ赤になって椅子の上で飛び上がり、ぎくしゃくと立ち上がる。

「リーザ？」

「か、かわいく、ない、です！　あの、やめて、人がいっぱいいるのにだめ……」

なんだ、この新鮮な反応は……感動してしまうではないか。

よろよろと後ろを向いたリーザの顔を、さらに覗きこむ。

「何を言うんだ。リーザは世界一可愛い」

頬杖をついてにやけながら言うと、茹《ゆ》でダコのようになったリーザがふるふると首を振った。

「あ、あ、こ、声大きいです……もう外に行きます……」

真っ赤になったリーザがふらふらと店を出ていこうとする。私は慌てて彼女の細い腕を掴み、給仕用の小銭を卓に置いた。

「おーい、ご馳走様！」

「はあい。あら、ご領主様。奥様をはじめて拝見しました！　可愛いですね」

こみ合った店をすいすい横切って現れたおかみが笑顔で言った。

「ああ、可愛いだろう。ありがとうな」

リーザは再び飛び上がり、私の腕にしがみついた。

さっきよりさらに真っ赤だ。どこまで赤くなるのか。

「そ、そんなこと、ありません……」

まさか、リーザは『可愛い』と言われ慣れていないのだろうか。

可愛いのに。ものすごく可愛いのに。

少なくとも自分にとっては、気がおかしくなるほど可愛いぞ……！

『変わり者の妾腹《しょうふく》の姫』、それが嫁《とつ》いでくる前のリーザの評判だった。

なんと不当な評価だろう。しみじみと思い、私に隠れるリーザの体を軽く揺すった。

「お前は可愛いよ、世界一だ。いつも言ってるのに、どうした」

「ヤ、ヤダ……」

しかし、恥ずかしがりすぎて、リーザはつれない態度だ。

閨《ねや》ではいくらでも甘えてくるのに、この照れようは新鮮すぎる。

あとでいっぱい可愛がりたい。ドロドロになるまで可愛がりたい！

いや、浮かれていないで落ち着こう。

「さ、ヴィルヘルム君を待たせすぎてしまった。行こう」

「は、はい」

歩きながら、私は再びリーザの横顔に見とれた。

第六章

楽しかった一日限りの温泉療養も終わり、わたしと旦那様は、国境砦《こっきょうとりで》に戻ってきた。

あーあ。また旦那様とお出かけしたい。いつできるかしら。

ため息をついたわたしに、書類をめくっていた旦那様が笑いかける。

「何を難しい顔をしているんだ、リーザ」

「もっと旦那様とお出かけしたいなぁって思って……」

そのとき、扉を叩く音がして、旦那様が顔を上げた。

「どうした？」

「夜分遅くに失礼いたします」

女性の声だ。こんな夜にだれがなんの用だろう？

旦那様が扉を開けて、驚いたような声をあげる。

「ん……？　セルマではないか」

そこに立っていたのは、若くて綺麗な女の子だった。

「はい、レオンハルト様、お久しぶりです。それからリーザ様……こんばんは。わたくしはレオンハルト様のご母堂、ミラドナ様にお仕えするセルマと申す者でございます」

そう言って、小柄な女の子が深々と頭を下げた。旦那様によく似た銀色のまっすぐな髪が、足首のあたりまでキラキラと流れている。目の色も銀色だ。

「レオンハルト様、お久しゅうございます。本日は、ご結婚のお祝いに上がりました」

「ああ、久しぶりだな、セルマ。はるばるありがとう。君は今いくつになったんだ？」

この若い女性は、どうやら旦那様の古い知り合いのようだ。

「はい、二十三になりました」

まったく抑揚のない低い声でそう答え、セルマさんがわたしを見てそっと笑った。

氷の妖精《ようせい》のような人だ。わたしが暮らしていた王都では、こんな不思議な姿をした美しい女性は見たことがない。

「リーザ、紹介しよう。私の母方の親戚の娘、セルマだ。レヴォントリ族の巫女《みこ》を務めている。私の副官のヘルマンを覚えているか。挙式の日にお前を屋敷へ連れ帰ってくれた男だ。セルマはヘルマンの妹なんだ。兄妹で私に尽力してくれている。」

「まあ、ヘルマンさんの妹さんなの？　それに、巫女《みこ》さんでいらっしゃるのね」

驚いて、セルマさんをじっと見つめた。

大柄なヘルマンさんとはまったく似ていない。

「はい、私は、閣下の副官を務めさせていただいているヘルマンの妹。ヨルムンドの神殿で氷神様《ひょうしん》にお仕えする巫女《みこ》でございます」

セルマさんの言葉にわたしは首を傾げる。

「氷神《ひょうしん》様ってなあに？」

「氷神《ひょうしん》様とは人々が永久凍土《えいきゅうとうど》に暮らすことへの絶望を眠らせてくださる、ありがたい神様です。我らレヴォントリの守り神であらせられます」

「まぁ、なんて素敵なの」

伝説の一族と呼ばれているレヴォントリ族の女性から、神秘的な話を聞けて、わたしは満足した。永久凍土《えいきゅうとうど》という言葉ははじめて聞くし、絶望を眠らせてくれる神様というのも、いかにも神話めいて、不思議な存在に思える。

「リーザ様、お体の具合はいかがですか」

美しい銀の目でわたしをじっと見つめながら、セルマさんが尋ねた。

「元気よ、ありがとう」

「そうですか。ふふ、それは、ようございました」

純銀《じゅんぎん》の不思議な瞳に淡い笑みをたたえたセルマさんが、旦那様に向き直る。

「閣下。恐れながら、私もこの砦《とりで》に滞在してようございますか」

「かまわんが、街でもっとましな宿をとったらどうだ？」

旦那様の言葉に、セルマさんが首を振る。それから、小さなお人形のような顔を傾けて、笑みを浮かべた。

「わたくしは明日、この砦《とりで》に到着される予定の大巫女《おおみこ》ミラドナ様をお迎えいたしますので、こちらのほうが都合がよいのです」

セルマさんの言葉を聞いた瞬間、旦那様がよろめいた。

「な、んと、言った、セルマ。母上が来るのか……！」

「はい。ミラドナ様は『早くレオンのお嫁さんの顔が見たい』とおっしゃっておられました」

わたしは、大汗をかきはじめた旦那様にびっくりし、おでこに手を伸ばして熱をたしかめた。

「旦那様、どうなさいましたの？」

「い、いや、なんでもない。リ、リーザにも、私の母上を紹介せねばな」

お義父様亡きあと、故郷であるレヴォントリにお暮らしのお義母様。ようやくお会いできるのだろうか。『レヴォントリは寒すぎるところだから、春になったら会いに行こう』と旦那様はおっしゃって、まだお会いしていないのだ。

「ふふっ、それにしてもいつ見てもお美しい姫様……」

セルマさんがそう言ってわたしの顔を覗きこんだ。

いつ見ても……？　どういうことだろう。

わたしたちが会うのは、はじめてなのに。ああ、それにしても、なんて綺麗な瞳だろう。こんな妖精《ようせい》みたいな人を一度でも見たら、忘れられるはずはない。

「あの、セルマ、さん……」

どうしたのかしら、わたし。お客様がお見えだというのに、眠くなってきてしまった。

「前に、お会いしましたか……？」

重いまぶたを必死に持ち上げながら尋ねると、セルマさんはクスッと笑う。そしてさらりと絹のような銀色の髪をかき上げた。

「さぁ、どうでしょう？　閣下、私はそろそろ失礼いたします。夜分にお時間をいただいて、申し訳ありませんでした」

セルマさんがそう言って、優雅にふわりと頭を下げた。

きらめく銀の髪をなびかせて出ていったセルマさんを見送り、わたしはヨロヨロと寝室に向かった。

それにしても眠い。わたし、もう限界かも……急にどうしたのかな？

また眠り病かな。旦那様に心配しないでと言った手前、ひっくり返りたくない。

でもだめだわ、眠い。セルマさんのあの銀の瞳を見つめた瞬間から、眠くてたまらない。

「どうした、リーザ」

「眠いので……休ませていただきます……。おやすみなさいませ」

旦那様にそう答えるのがやっとだった。わたしは服を着替えもせずにぽてんと寝台に倒れこんで、そのまま意識を失った。


朝起きたら、旦那様はもうお仕事に行かれたあとだった。

そうだ、すっかり寝入ってしまったけれど、今日はお義母様がいらっしゃる日なのだ。

わたしは着替えて髪を結《ゆ》い上げ、鏡を覗きこんだ。

お義母様がいついらっしゃるのかわからない。

まずは、旦那様のお昼に間に合うよう、急いでお魚を釣らなくては。今日はおいしいお魚の揚げ物を召し上がっていただきたい。

わたしの足にじゃれつくシュネーにお水と餌をあげて、お部屋を飛び出した。

「兵隊さん、釣り竿を貸してくださいませ！」

「奥様、釣りが好きですね」

苦笑する兵隊さんにお礼を言い、わたしは、河に空《あ》けた氷の穴へよたよたと歩いていった。

旦那様のために、いっぱいお魚が釣れればいいんだけど。

その途中、門扉に繋がれている不思議な生き物に気がついた。

馬に似ているが毛が長く、色は銀と白の中間だ。頭には、コブのような二本の角が生えている。

背には婦人用と思《おぼ》しき、美しい装飾の鞍《くら》がつけられている。

なんだろう。珍しいし、とても綺麗な動物だ。目が大きくてとっても可愛い。そう思いながら、わたしはじっと立っているその子に近づいた。

「こんにちは、あなたはだあれ」

見れば見るほど、不思議な動物だ。氷のような水色の目で、じっとわたしを見つめている。

わたしは恐る恐る手を伸ばし、その動物をそっと撫《な》でた。とても大人しい子で、目を細めてされるがままになっている。

「まあ、こんにちは」

優しく穏やかな声が聞こえて、わたしは振り返った。

そこに立っていたのは、白銀の髪を結《ゆ》い上げた、銀の瞳をした貴婦人だった。

まっすぐ伸びた高い背とゆったりした仕草から、上品さがうかがえる。

「氷獣《ひょうじゅう》に興味がおありなの？」

柔らかい声で尋ねられ、わたしはうなずいた。

「はい、勝手に撫《な》でてごめんなさい。可愛かったので……あの、わたしはリーザと申します」

見知らぬ女性にどこまで名乗っていいのだろう。悩んで言葉少なになるわたしに、その人はにっこりとほほえみかけてくれた。

「まあ、やっぱり。はじめまして、リーザ様。わたくしはレオンハルトの母、ミラドナと申します」

えっ、と言いかけて、わたしは慌てて呑みこんだ。

とてもお若い。旦那様は四十のはず。だけど、そんな大きな子どもを持つ女性には見えない。

「リーザ様も動物がお好きなのね。わたくしもよ。今、久しぶりにそり犬たちに会いにいって、戻ってきたところなの。さ、その子を屋根のあるところに繋いで、一緒にレオンのところへまいりましょう」

ミラドナお義母様にそう言われ、わたしはあわててうなずいた。

なんと不思議な気配をまとった女性なのだろう。目に見えない何か神聖なものが、お義母様の体を包んでいるように見える。

わたしは慌てて、踏みならされた雪の上を、お義母様のあとを追って歩き出した。

この方が、わたしのお義母様。伝説の一族レヴォントリの大巫女《おおみこ》、ミラドナ様なんだわ……

◆

「新婚ね……懐かしいわ。わたくしが夫を見初《みそ》めたのはもう四十四年前のことですね。わたくしは十三、夫は三十。レヴォントリとカルター王国の交流会の席での出来事でした。この世にこんな男前がいるのかと、腰を抜かしたものですわ」

毎度毎度、客が来るたびに亡き父との惚気《のろけ》話をしたがる我が母、ミラドナが私の部屋でソファに座りしみじみと言う。そしてゆっくりと氷を浮かべたお茶をすすった。

相変わらず、異常な暑がりである。

私の母は、極北の部族レヴォントリの族長の娘で、今でも最高位の巫女《みこ》として、彼らの信じる『氷神《ひょうしん》』に仕える身の上だ。父亡きあとは、めったにローゼンベルクには戻ってこず、今回の訪問も数年ぶりだ。

「わたしも、ずっと旦那様に憧れていました！　きっとお義父様も素敵な方でしたのね」

リーザが、母の言葉に嬉しげに相槌《あいづち》を打った。そんな話は、初耳なんだが。

「ええ、わたくしの夫はね、それは素敵な人でした。出会った当時は、仕事が忙しいからと独り身でね。わたくしはどうしても彼を夫にしたくて、十六で結婚の自由を得てから、すぐに彼の家に押しかけたの。レヴォントリの女は、伴侶となる男を自分で選び、勝ち取るものなのです。すべてをかけてね。わたくしもそれにならい、家に帰りなさいと言う夫にひたすらついて回ってね。十七のときにレオンハルトを生みました。本当に嬉しかった。『赤子が生まれたから結婚しよう』とあの人が言ってくださった日のこと、きっと一生忘れられないと思います」

母がかすかに目をうるませ、手巾をそっと押し当てた。

自分の思い出話に感動しているときの顔だ。

「素敵！　お義父様とお義母様は大恋愛の末に結ばれたのですね、旦那様ぁ」

「え、そ、そうか……？　今の、そんな話だったか？」

笑顔の妻に同意を求められ、私は目をうつろにしながら答えた。

「えへへ……旦那様ぁ、お義父様も素敵な方だったんですね。小説の恋物語みたい」

リーザが子猫のように擦り寄ってくるが、どこが素敵なのか。この話。

お前は普段、どんな小説を読んでいるのだ。

「お義父様とお義母様は、本当に愛し合っていたご夫婦だったのですね」

いや、その解釈はおかしいだろう。そう思うが、さすがに母の前では言えず、がぶがぶと茶を飲んだ。

間が持たない。

親のノロケなんぞ聞いていても楽しくもなんともない。自分のノロケを話すなら何時間でも大丈夫だがな。ん？　そうか。私も母と同じか。遺伝なのかもしれない。

「……それにしても、リーザ様はレイシアによく似ていること」

母がリーザを見つめて、しみじみとつぶやく。レイシアとは誰だ、と首を傾げる私の傍《かたわ》らで、リーザがふと動きを止める。驚いて顔をのぞき込んだ私の袖口を華奢《きゃしゃ》な指で握りしめ、リーザが、母が口にした名前を繰り返した。

「え、レイシア……って……」

リーザを見つめながら、母は慈愛に満ち溢れた笑顔で頷いた。

「そうよ、あなたたちご兄妹のお母様のことですよ、リーザ様」

母の言葉に、リーザが小さな手で口元を覆う。もう片方の手が、私の袖をさらに強く握った。

「私は、あなたのお母様、レイシアとは旧知の間柄だったの。少し年は離れていたけれど、同じレヴォントリの巫女《みこ》として、私は彼女を妹のように大切に思ってきました」

リーザの大きな目が、不意に潤んだ。私はぎょっとなって、慌てて細い肩を抱き寄せる。

「どうした、リーザ、大丈夫か」

「は、はい、大丈夫です……兄以外の人から、母の話を聞けて……驚いて」

リーザの珊瑚色の唇が震えている。そう言えばリーザは、三つになる前に母を亡くしたのだ……

母が立ち上がり、涙を流すリーザの傍《かたわ》らに立って、優しく髪を撫でた。

「……ほんとうにあなたはレイシアによく似ていること。レイシアが帰ってきてくれたみたいで嬉しいわ。リーザ様、レオンに嫁いでくださってありがとう」

「お義母……様……」

「これからは、まめにあなた達の様子を見に戻ってきますね。こんどゆっくり時間をとって、レイシアの思い出話をしましょう。レイシアがどれだけ、あなたとジュリアス様を愛していたか。私がカルターに会いにゆくたびに、どんなに幸せそうに子どもたちの話をしていたか……とうてい一日では語り尽くせそうにないわ」

「あ、ありがとう……ござい、ます、お義母……さま……」

私は言葉もなく、涙を流し続けるリーザを抱き寄せた。彼女の儚《はかな》い身の上を思うと言葉も出ない。改めて、私が夫としてリーザを幸福にしてやらねば、と思うばかりだ。リーザの涙を手巾で拭ってやっている私の傍《かたわ》らで母が不意に立ち上がり、凛とした声で扉の外に呼びかけた。

「ところでセルマ、そこにいるのでしょう。いらっしゃい」

母が立ち上がり、背筋を伸ばして扉を振り返る。

間髪容《かんはつい》れずに扉が開き、セルマが現れた。まるで気配がなかったのに、さすが母が見こんだ娘だ。

「さ、セルマ。お預かりしてきたものを、この子たちに渡してあげて」

「畏《かしこ》まりました、ミラドナ様」

セルマが、するりと私に近づいた。

足音がまったくしない。母に似た得体の知れない気配が、彼女の小さな体を包んでいる。

「閣下。先週、国王ジュリアス様より、閣下とリーザ様宛のお手紙を預かってまいりました」

セルマが小さな襟巻きを持ち上げて取り出したのは、分厚い封筒だった。封筒に施された封印は、ジュリアス様の私信であることを示す、黄金に鷲《わし》の羽が記されたもの。

「陛下は大変にリーザ様を案じておられます。ゆえにこの手紙をお書きになりました」

セルマの言葉を聞いた瞬間私の脳裏に、リーザを私に押し付けたときの、ジュリアス様の笑顔がよぎった。

そういえば、ジュリアス様の行動の真意など、考えたこともなかった。

この結婚だって『いつもの無茶ぶりだ』と解釈していた。

だが、こうして一緒に暮らしてみてわかったが、リーザは決して他人に押し付けたくなる娘ではない。素直で優しくて世間知らずで、庇護《ひご》したくなるような娘だ。

ジュリアス様は、なぜ私にリーザとの結婚を強《し》いたのか。

今さら疑問に思うなんて遅すぎるかもしれない。それだけ私は、妻との幸福な時間に溺れていたのだろう。

「旦那様……お兄様の手紙って、なんでしょうか……」

リーザが不安げに言い、私の顔を覗きこんだ。

「陛下はおっしゃいました。『私がしたことを罪と呼んでもかまわぬ、恨んでもかまわぬ』と」

セルマの言葉に、傍《かたわ》らのリーザがビクリと体を震わせる。私は驚いて、リーザを見た。

「どうした、リーザ」

「え、あ、あ……なんだか、めまい、が……」

小さな手を額《ひたい》に当て、リーザがかすかに顔をしかめた。

いつもの眠り病だろうか。

華奢《きゃしゃ》な肩を支えようとした瞬間、リーザが慌てて笑みを浮かべる。

「だ、大丈夫です。ごめんなさい、旦那様」

リーザの様子をうかがう私に、母が不自然なほど明るい声で言った。

「……わたくしは、犬たちの様子を見てくるわ」

母はにっこり笑い、白い衣の裾を払って立ち上がる。

「セルマ、ヘルマンにでも顔を見せてあげたら」

「はい、ミラドナ様。兄に会うのも久しぶりです。今から顔を出してまいります」

セルマが母の声に応じて立ち上がり、私たちに一礼する。

「失礼いたします、閣下、リーザ様」

そうして、レヴォントリの巫女《みこ》たちは、足音もなく応接室から出ていった。

母たちを応接室から見送った私は、リーザに声をかける。

「リーザ。陛下からの手紙を読んでみるか。妹のお前が先に読んだほうがいいかもしれない」

「はい、旦那様」

私はリーザに手紙を渡し、思い切り背伸びをした。

レヴォントリの巫女《みこ》は、いつ言葉をかわしても得体が知れない。

どの巫女《みこ》も例外なくそうだ。どんなに優しくても、愛らしい容姿をしていても、人形と話をしているような気分になる。特に、母やセルマほどの高位の巫女《みこ》となると顕著《けんちょ》だ。

彼女ら巫女《みこ》のことも、そもそも氷神教《ひょうしん》のことも、よくわからない。

多分、私に流れているレヴォントリの血は薄いんだろう。私は単純明快なローゼンベルクの男だ。

そう思って肩回りをほぐしてしている私の背後で、何かが床に落ちるような音がした。

振り返ると、リーザが倒れているではないか。

私は慌ててリーザに駆け寄った。このように眠ってしまうのは何度目だろうか。医者は『原因は不明。頭の中身を見ることはできない』の一点張りだが、こう何度も意識を失うのは、やはりただごとではない。

「リーザ！」

リーザは白い指に、ジュリアス様の手紙を握っていた。

私は手紙を懐《ふところ》にしまい、冷や汗をかきながらリーザをそっと抱き起こす。

「リーザ、しっかりしろ。聞こえるか、リーザ」

「だ、な、さ、ま……」

リーザが、眠気に抗《あらが》うように必死で目を開ける。

「ばくだ……ん、つくりま……した、わた、し……エリカ、博士と……」

「リーザ、今そんなことはどうでもいい！　おい、大丈夫か、リーザ！」

なぜ今、爆弾の話なんぞ出てくるのだ。

錯乱《さくらん》しているのだろうか。言動がおかしい。

私は全身から血の気が引く思いでリーザを抱き、部屋を飛び出そうとした。

砦《とりで》の外にある、ローゼンベルクで一番大きい病院に担《かつ》ぎこもうと思ったのだ。

だがそのとき、細いリーザの指が、私の袖をきゅっと掴む。

「……お兄様を……一人に……」

「リーザ、どうした、何を言っている？」

「旦那様。……わたし、わたし、どうしよう。わたしどうして、お兄様を一人にしたのかしら……」

リーザはそう言うと、顔を覆って細い声で泣きだした。

何が起きたのかわからず、私はリーザを抱いたまま、呆然と立ち尽くす。

「旦那様、わたしはもう大丈夫です。お兄様のお手紙をご覧になってください」

涙を流しながらも、瞳に力を宿しはっきりと言い切ったリーザに、私はほっと息をつく。

「リーザ、気分は悪くないか？　吐き気はしないのか？」

「はい。もう大丈夫です。それより、お兄様からのお手紙を」

私はリーザを床に立たせ、懐《ふところ》に突っ込んだジュリアス様からの手紙を取り出した。

——そして、そこに書いてあった内容に言葉を失った……

第七章

旦那様はどうしてもはずせない会議があると、足早に立ち去ってしまった。

本当にお忙しいものね。アイシャ族が、いつ攻めこんでくるかわからないというし。

「……なんでこんな大事なこと、綺麗さっぱり忘れてしまったのかしら」

お兄様の手紙の一文を読んだ瞬間、わたしは頭のモヤが晴れ、色々なことを思い出した。

『リーザは、エリカ・シュタイナー博士の内弟子だった』

エリカ・シュタイナー博士。世紀の天才で、新型火薬の生みの親。

そう、わたしはかつて、エリカ博士と一緒に、大学で研究をしていたの。

「……思い出したわ」

わたしの脳裏に、ぼんやりと昔の光景が浮かぶ。

カルター王立大学で、新型火薬の開発に携わることになった日のことが。


あれは、二十になったばかりのある日。

爆弾作りに行きづまり、なかなか黒色火薬を超える火薬を作り出せずに悩んでいた。そんなわたしに、お兄様は声をかけてくれたの。

『そろそろお前の火薬も、一人で作らせるには危険な領域になってきたようだね』って。

たしかにお兄様のおっしゃるとおりだった。わたしは研究中に、何度か爆発を起こしていた。お城から遠く離れたボロボロの塔で開発しているとはいえ、わたしが自力で整えた設備で、これ以上強力な火薬を作るのは、危険が伴う。

『リーザ、私の妹として、未来のカルター王国を担う優秀な人材とぜひ交流してほしい。新型火薬の研究班の班長にお前を紹介しよう。自力でそこまでやり遂げたお前なら、彼女も認めてくれるかもしれない』

お兄様はそう言って、わたしをカルター王立大学へ連れていってくれた。貴族の皆さんが『王女を大学に行かせてどうする』と猛反対したせいで通えなかった、憧れのカルター王立大学へ。

そうして、『妾腹《しょうふく》の王女リーザ』は『見学生』という名目で、大学に通えることになったのだ。

わたしは、大学の一番奥の、厳重に警備されている研究棟に通された。

お兄様のおっしゃる『会わせたい人』は、その奥にいるのだという。

そこは、見たことのない道具がたくさんある部屋。

キョロキョロして待っていたわたしの前に、若い女の人が早足でやってきた。

美人だけれど、白い汚れた服を着て、赤い髪を短く切った女性だ。その人がそこにいるだけで、周りの空気がぱあっ明るくなるような、不思議な人。

『あー王様、こんにちはーっす』

女の人がそう口にした瞬間、みんなが一斉に彼女を叱りつけた。

『エリカ博士！』

『相手は陛下だぞ！』

『なんという口の利き方だ！』

『……あ、すいません。そうでしたね陛下、ようこそおいでくださいました』

エリカ博士と呼ばれた女の人が、叱られたことにも動じず、頭をボリボリと掻いた。

それからお兄様の背後に隠れているわたしを見て言う。

『うわぁ、美少女。その子がお姫様ですか？』

『ええ、妹のリーザです。約束どおり連れてきましたよ』

お兄様が博士にうなずいた。

わたしはおずおずとお兄様の背から顔を出し、博士にほほえんだ。

博士のくすんだ緑の瞳が、わたしの顔を映してキラキラと輝く。

わたしはそのときまで、そんなに明るい笑顔を乳母以外の女の人から向けてもらったことはなかった。とても嬉しかったことを、今でもはっきりと覚えている。

『お姫様は自分で火薬作ってるんだって？　さっそくだけど、調合を教えて』

唐突な質問に慌てながら、わたしはたどたどしい口調で、腕組みをする女の人に必死に説明をした。どうしても黒色火薬を超える火薬が作れないのです、って。

長くなるはずだったわたしの説明を、赤い髪の女の人が要約した。

『つまりは石から新しい火薬成分を取り出したいけど、溶剤の構造を思いつけないってことだね』

わたしは目を見張った。

そのとおりだ。でもまだ、そんなところまで説明できていなかったのに。

『わたしもいつもそこで悩むの。お姫様は結構お利口ね。いいよ、一緒に研究しよう』

エリカ博士は、ハキハキとおっしゃった。

そう、あのとき、わたしの未来への扉が音を立てて開いたんだ。

奇跡の天才と呼ばれたエリカ博士のそばで、化学者としてがんばれる未来が……

わたしは、博士にたくさんのことを習った。

博士は天才と呼ばれているだけあって、何をなさるにも素早かった。どんくさいわたしは、博士についていくのに精一杯。

でも、いつも博士は言ってくれた。

リーザ様には才能があるし、国のみんなの役に立ちたいという気持ちはえらいと思うよ。いつか、ジュリアス様を支えられる、立派な化学者になれる、って。


「う、う、う……」

わたしはあふれ出した涙を手の甲でぬぐった。でもぬぐいきれなくなって、スカートを顔に押し当てる。

博士、博士、エリカ博士。どうしてわたしは、博士のことを完全に忘れていたんだろう。

博士はもういない。

自殺でも病気でも事故でもない。……殺されてしまったから。

新型火薬のお披露目《ひろめ》の直前、博士の研究を盗もうとした人に殺された。

犯人は、レアルデ国から来た人で、わたしたちの仲間だった。

博士の助手の一人で、優しくて穏やかな人だと思っていたのに。

『僕も博士の研究に共感した。一緒にたくさん勉強して世の中の平和の役に立つ火薬を作りましょう』って、その人は言っていた。

わたしは、なんの疑いもなくその人の言葉を信じていた。彼の悪意に気づかなかった。

……だめだ。涙が止まらない。

お兄様の笑顔と博士の笑顔が、わたしの心の中でそっと重なる。

エリカ博士に会いにいくときは、いつもちょっとおしゃれをなさっていたお兄様。

白い首元に、お兄様の贈った石のペンダントをさりげなく飾っていたエリカ博士。

二人とも、照れて教えてくれなかったけれど、恋人同士だって知っていたわ。

このまま博士が、偉大な研究の評価で爵位を得て、お兄様の奥様になってくださればいいのにって、わくわくして待っていた。

でも、そんな幸せな夢も、全部壊れた。

わたしたちが愛した博士は……もういない……

「おにい、さま……ごめんなさ、い……」

お兄様、一人にしてしまってごめんなさい。

愛する人を……博士を殺されて、一番つらかったのはお兄様なのに。

お兄様の苦しみを忘れ、自分だけ幸せになろうとしたわたしの残酷さが、怖くてたまらない。

「う、う……」

「リーザ様」

名前を呼ばれて、寝台の上で丸まって泣いていたわたしは、驚いて振り返る。

扉が開いたことに気がつかなかった。

わたしの目の前に立っていたのは、セルマさんだった。

「過去を思い出されたのですね」

「セルマ、さん……？」

銀色の大きな目でわたしをじっと見つめ、セルマさんが足音もなく歩み寄る。そして寝台に腰掛け、じっとわたしの顔を見つめた。

「へえ、私の術が完全に破れてる……珍しい。再施術は無理そう。どうしようかな」

セルマさんが細い指を立てて、とんとんと自分のこめかみをつついた。

なんだろう。彼女はなんの話をしているのだろう。

「どうなさったの、なんのお話をなさってるの？」

「なんの話だと思います？」

セルマさんは大きな銀の目で、わたしを凝視した。まるで、空に浮かぶ銀の月みたい。

二つの不思議な、銀の月……

その瞬間、頬を打たれたかのように感じた。

わたし、今、思い出した。前に、セルマさんに会ったことがあるって。

あれは博士が亡くなってすぐ、わたしが毎日泣き暮らしていた頃のことだ。

夜中に呼ばれて、なんだろうなと思いつつお兄様のお部屋に行ったの。

お部屋の入り口にはヴィルと、ヴィルの先輩が警護に立っていたっけ。

室内には、セルマさんとお兄様。悲しみにやつれ果てたお兄様が、わたしを見てほほえんでくださった。

わたしは、申し訳ないな、って思ったの。だって、わたしは泣きたいだけ泣けるのに、お兄様は涙を流すことすら許されない。

お兄様は国王だから、弱った顔をだれにも見せられないんだもの。

たとえ、大事な恋人が、永遠に手の届かない場所に行ってしまったのだとしても……

『リーザ。母上の結んでくださった縁で、伝説の地レヴォントリから、奇跡の巫女《みこ》がいらしてくださったんだ。よかった、これでお前を守ってやれる』

わたしを見つめ、お兄様はそうおっしゃった。

そのときは、どういう意味なのかわからなかった。でも……

「ねえ、セルマさん……わたし、思い出したわ。前にお会いしたことがあるわよね。あのとき、セルマさんをカルターのお城に呼んだのは、お兄様なの？」

わたしの言葉に、セルマさんがうなずいた。

「そうです。我が主、大巫女《おおみこ》ミラドナ様が、巫女《みこ》レイシアの息子であるジュリアス様に懇願され、私をカルターにお遣わしになりました」

「なんのために、ですか？」

心臓が、どくどくと高鳴った。

「エリカ・シュタイナー博士の遺《のこ》した奇跡の発明、新型火薬。それを完全に再現できるのは、大勢いた博士の助手の中であなただけです、リーザ様」

セルマさんの小さな手が、わたしの手に重なる。なんて冷たい手をしているんだろう。

「その記憶を、忘れていただきたいというのが、ジュリアス様のお願いでございました」

セルマさんが、細い指でそっとわたしの目元に触れる。わたしはゴクリと息を呑んだ。

そうだ、この目。

この目を見たときに、わたしの世界は暗転した。

気づいたら、わたしは『大事なことを全部忘れた』リーザに変わってしまっていたんだ。

そんなことを可能にする力を持つ人がいるなんて信じられない。

「……ひどいわ。なぜお兄様はそんなことをなさったの。わたしは博士が大好きだったのよ。博士のこと、全部忘れたいはずがないじゃない……！」

「ひどい？　あは、ご冗談を。ジュリアス様は『火薬を狙う、善人の仮面をかぶった悪人』から、あなたを守ろうとなさったんですよ？　だって、リーザ様は私と違ってお人好《ひとよ》しそうですもの。困っている『ように見える』人がいたら、そいつを放って置けなくって、火薬でもなんでも頼まれるがままに作ってあげそうじゃないですか」

何も言い返せず、わたしは唇を噛《か》む。セルマさんの言うとおりだ。

わたしは世間知らずで、そういう無防備なところがある。

だからといって……記憶を勝手に消すなんて。そして、そんなことができる者がいるなんて。

セルマさんは長い銀の髪を揺らし、唇の端を吊り上げてわたしをじっと見る。

「私、リーザ様ってもっとお高くとまってるのかと思った。国王陛下の妹で、美人で、才能があって、しかも天下の氷将レオンハルト閣下の奥様でしょう」

セルマさんの口調は皮肉だった。けれど、不思議と嫌だとは感じない。

「でも意外とそうでもないんですね。こんな可愛らしい方の頭の中に、世界を変えるような軍事機密が詰まっているなんて。ふふ、だから世の中って面白い」

「待って！　違うのよ。新型火薬は、軍事用に開発されたものじゃないわ」

わたしは濡《ぬ》れた顔を擦って寝台から立ち上がり、セルマさんの発言を訂正した。

「火薬は平和のために使うのよ。ローゼンベルクとカルターの間の山を発破工事して、坑道を作ってもいいし、鉱山の採掘だって火薬でどんどん進められるわ。新型火薬は、土木工事の要《かなめ》なんだから」

わたしの言葉に、セルマさんが目を丸くした。

「まあ、そんな考え方もありますよね。ちょっと平和ボケで単純すぎるなとも思いますけれど」

「違うわ、平和に使うことは大変なの。使用上の決まりや管理の仕組みをきちんと作って、正しいことにしか火薬を使わせないことが大事なのよ」

それは全部、エリカ博士が教えてくれたこと。そして、わたしは心から納得した。

わたしは、セルマさんの小さな冷たい手を握りしめ、熱い口調でまくしたてた。

「わたしの頭の中にある新型火薬の製法は、絶対に平和のためだけに使うわ。だってこれが世界中にばらまかれたら、戦争の火種になるもの。皆様が正しく使うと信じられるまで、わたし、知っていることをだれにも漏《も》らさない。お兄様はもっとわたしを信用してくださるべきだわ！」

「じゃあ、リーザ様。あなたが敵に捕らえられたらどうしますか」

セルマさんの冷静な声ではっとする。

わたしが、捕らえられたら……？

言葉を失ったわたしに、セルマさんがはっきりとした口調で告げた。

「そんなことも思いつかないなんて、甘いんですよ、リーザ様は。私の力は邪眼《じゃがん》と呼ばれていて、人の意識を操ることができます。私と同じ力を持つ人間が、この世のどこかにいないとも限らないでしょう？　私のような人間に、すべてを無理やり自白させられたらどうするんですか」

セルマさんが額《ひたい》に振りかかる髪を持ち上げ、静かに言った。

夢の中で、わたしのことをじっと見ていた二つの銀の月。あの二つの月は、セルマさんの目だ。

氷のように美しく、奇跡の魔力をたたえた、この銀色の目だった。

「そ、そのときは……」

わたしは、スカートを握りしめてうつむいた。

この知識が、新型火薬の製法が、悪意を持った人間に漏《も》れたらどうするか。

そんなときが来るなんて、考えたくないけれど……

「意地悪を言ってごめんなさい、リーザ様。でも、事実ですから。リーザ様はすでにレアルデ王国に狙われていますよ。敵はリーザ様をさらい、新型火薬の製法を吐かせるために動きはじめている。ローゼンベルク国境砦《こっきょうとりで》がレアルデ王国から総攻撃を受けるのも、そう遠い未来のことではないでしょうね」

「そ、そんな……」

「じゃあ、私はこれから、ミラドナ様に頼まれたお遣いに行ってきますね」

セルマさんはあっさり言い、白い衣の裾を翻《ひるがえ》す。そして、静かな声で言った。

「ああ、平和は未だ遠い。空《むな》しいことです。……では、失礼します」

「待って、どこに行くの、夜は寒いのよ」

わたしの言葉に、セルマさんは小さく振り返った。

「寒さなど私には関係ありません。次の使命がありますので」

わたしは言葉もなくセルマさんを見送る。そして、自分の体を抱いて立ち尽くした。

レアルデ王国が、わたしを狙っている……？

エリカ博士の爆弾は、土木工事の要《かなめ》なのよ。交路開発の希望なの。

カルター王国が、そして世界がもっと豊かになるために作られたもの……

それなのに、レアルデ王国は新型火薬を戦争のために使おうとしているの？

『ねえ、お姫様。この火薬は調合次第では、バケツいっぱいで山一つを消し飛ばすからね。絶対に、取り扱いを間違えないでね』

稀代《きたい》の天才と呼ばれたエリカ博士の強く明るい声が、わたしの脳裏によみがえる。

懐かしく慕わしいその面影《おもかげ》に、わたしは拳《こぶし》を握って問いかけた。

ああ、博士、わたしは一体、どうしたらいいの……？

◆

「レオン。リーザ様の頭の中にあるのは、匙《さじ》一杯で国境砦《こっきょうとりで》の大門を吹き飛ばすことができる、強力な火薬の製法です。そんなものが世界中で作られるようになったら、どうなるかわかりますね」

母ミラドナの言葉に、私は腕組みをしたまま、小さくうなずいた。

カルター王国には、国境と呼べる場所が少ない。西の国境の大半は山脈で、東と南は大海に接し、北は不毛の氷原に囲まれた国なのである。

隣国レアルデとの国境線はローゼンベルクの西端にあるが、山の果てにわずかに開けた、隘路《あいろ》のような土地のみだ。天然の要塞。言い換えれば他国と行き来しづらいこの地形のおかげで、貧しいカルター王国は大した武力も兵力もなくても、平和を保ってこられた。

だが、その平和がやぶられようとしている。

私はもう一度ジュリアス様の手紙に目を落とした。

はじめの数枚には、我が母ミラドナへの挨拶《あいさつ》と、亡き先王陛下の遺言《ゆいごん》が綴《つづ》られている。本当に困ったときは、実母レイシアの縁故である、レヴォントリの氷神《ひょうしん》教を頼るようにと。

まさかジュリアス様が、レヴォントリの血を引いていらしたとは。

我が母と繋がっていて、頼りにしていたなんて知らなかった。道理で私とリーザの結婚の手はずが整ったのも早いはずである……

それに我が母は、昔から知謀策略《ちぼうさくりゃく》に長《た》けた人物だ。

氷原の地図を睨《にら》みながら『アイシャ族は今どこにいるんだ。そろそろ、また攻めてくるかな』と頭を抱えていた父に、『アイシャ族の皆様なら来ないと思うわ。怪《あや》しい商人の言葉を信じて密輸入した武器が、全部壊れていたんじゃないかしら？　今頃返金騒動を起こして内部分裂していると思いますわよ？　うふふ』と言い放ったときの母の笑顔は、忘れられない。ついでに、ポカーンと口を開けた、父の唖然とした表情も。

母の趣味はアイシャ族に煮え湯を飲ませることなのだと、私は成人するまで信じていた。

我が偉大なる母上様は、そんなおっかない女性なのである。

母は巫女《みこ》として、生まれたときから氷神《ひょうしん》に仕えている。その教えに従い『憎むべき戦乱の炎』が存在しない世界を実現すべく、粉骨砕身《ふんこつさいしん》の日々を送っているのだ。

いや、母上のことなどどうでもいい。今考えるべきは、ジュリアス様の手紙のことだ。

その手紙の内容に、私は心底震えた。

エリカ・シュタイナー博士が研究していた新型火薬の製法は完成しており、なんと、今はリーザの頭の中だけに存在しているのだという。黒色火薬の数十倍の威力を持つ奇跡の火薬の製法が、リーザの頭の中だけに……

にわかには信じられなかった。彼女が『爆弾姫』などと揶揄《やゆ》されていたのは知っていたが、まさか本当に、爆弾作りを極めていたなんて。

ローゼンベルクに嫁《とつ》いできてから、一度も火薬の話をしなかったのに。

博士が暗殺されたことで、新型火薬の製法を知っているのはリーザ一人になってしまった。リーザがレアルデ王国から狙われていることを知り、ジュリアス様はこうお決めになったらしい。

すでにレアルデの間諜《かんちょう》が多く入りこんでいるであろう王都から、リーザを引き離す。そして、貴族たちの権謀術数《けんぼうじゅっすう》から、常に一歩距離をおいている『氷将レオンハルト』に、リーザ、および彼女の知る火薬の知識を守らせよう、と。

この『押し付けられた結婚』はそれが理由だったのだ。

そして、何より驚かされたのは手紙に書かれていたこの一言だ。

『リーザの頭の中にある火薬にまつわる記憶は、レヴォントリの巫女《みこ》セルマに封じさせた』

……なるほどな、セルマが突然訪ねてきたのは、リーザの様子を見るためか。

レヴォントリの巫女《みこ》の中には『暗示の異能』を持つ者もいると、母から聞いたことがある。

リーザがときどき病《やまい》のように気を失ってしまうのも、その術の影響に違いない。

「では、アイシャ族に交じっていた外国人や、私の屋敷を襲撃したやつらはレアルデ人か」

頭痛がした。認めたくはないが、そうなのだろう。

カルターとレアルデとの間は、一見平穏だった。

理由は簡単だ。レアルデは、カルターにわざわざ侵攻するほどの魅力を感じていない。山と痩《や》せた土地しかなく、北部は雪に覆われているこの小国を制圧しても、得るものは少ないから。

……だが、今は違う。レアルデには、新型火薬の奪取という侵攻理由ができた。

私は、あまりのことに頭を抱えた。不憫《ふびん》な生まれで、孤独に育ったリーザは、ここに嫁《とつ》いでやっと平和に幸せに暮らせるようになったのではなかったのか。

　怒りにまかせ、声を荒らげる。

「リーザは普通の娘です！　なんでくだらん陰謀なんぞに巻きこまれないとならないんだ」

「レイシアも普通の娘だったわ。鉱物から様々な成分が取り出せることを発見するほど賢かっただけで、普通の美しい娘でした。けれど、カルターの王に愛されて、人生が変わってしまった」

　母はそう言って、目を伏せる。

「カルターの王都には魑魅魍魎《ちみもうりょう》が跋扈《ばっこ》しているみたいね。当然レアルデの息のかかった不届き者も、ごまんと紛れこんでいるに違いありません。陛下もそれを案じて、リーザ様の幸せをあなたに託したのです。一応、レオンはカルター最高位の軍人ですから。一応、ね」

　ぐうの音も出ず、口をつぐんだ。

　さぞ情けない顔をしていたのだろう、母が私を鼻で笑い、茶を飲みほして汗をぬぐった。

「そんな顔をしていると、お父様そっくりよ」

「はあ……」

「わたくしは明日、朝一番でレヴォントリに帰ります。あなたのためにお祈りくらいはしてあげるわ」

　冷たく言い放って、母が立ち上がる。いらだたしげに手にしていた扇を閉じたのは、息子の煮えきらなさに本気で腹を立てているからだろう。

「では、お見送りいたします。何時頃発たれるご予定で？」

「見送りは結構よ。日の出とともに発ちます。さっさと帰りたいの。ではね」

母は、振り返りもせずに出ていった。

「まったく……勝手なお方だ」

どっと疲れを感じ、私はゴシゴシと顔をこする。国王陛下の母君と私の母との縁を思うと、不思議な心地になった。レヴォントリの巫女《みこ》たちの縁は、それほどに深いものなのだろうか。

母の故郷である幻の氷都は、やはり私には遠い場所だ。

母方の実家の得体の知れなさについて考えていたら、とんとんと扉が叩かれた。

「なんだ」

「旦那様ぁ」

のほほんとした愛らしい声。リーザだ。

ああ、よかった。気分はよくなったのか。

私は顔の筋肉を揉《も》みほぐして緩め、笑顔を作って立ち上がった。

リーザには、険しい顔を見せたくない。愛する妻を不安な気持ちにさせたくない。

「旦那様！　お茶をお持ちしました、開けてくださいぃ」

慌てて扉を開けると、リーザが妙に大きな盆を掲げ持って立っていた。

「お、おお、ありがとう、リーザ。寒かったからありがたい」

愛らしいこの笑顔の下に、世界をひっくり返すような技術が隠されているなんて信じられない。

私は今、自然にしゃべれているだろうか。おかしな態度になってはいないだろうか。

「リーザ、さっきひっくり返ったが、もう具合は大丈夫なのか」

「ハイ、元気です！」

本当に元気なのだろうか。いまいち表情が冴《さ》えないように見えるのは気のせいか。

「旦那様、さっきセルマさんとお話ししました」

リーザは私に寄りそい、愛らしい声で言った。

「おお、そうか。セルマは素っ気ないが、悪い娘じゃないだろう？　昔から利発でな」

「そうだと思います。頭のいい方でした」

リーザがほほえむ。だが、その笑顔にいつもの輝きはなかった。

「リーザ、表情が暗いようだが」

「はい、旦那様。わたし、さっき思い出しました。お兄様のおかげで大学でお勉強できたこととか、それから博士と研究した、新型火薬の作り方、とか……」

リーザはうつむき、前掛けをいじっている。私の位置からでは、表情がよく見えなかった。

なるほど。セルマの術はすでに破られたのか。まあ、人の記憶などそうそういじれるものではないだろう。そんな不自然な状態は長く続かない。

私はうなずいて、リーザの手から盆を受け取り、テーブルの上に置いた。

なんと言っていいものか……と考えながら、言葉を選ぶ。

「そうか、大事なことを思い出せてよかったな。お前が大学に楽しそうに通っていたと、ジュリアス様の手紙に書いてあった。リーザ、お前はよほど化学が好きなんだな」

穏やかに言うと、リーザが驚いたように目を大きく見張った。

「は、はい……」

リーザがうなずく。大きな目からは、涙がぼろぼろとこぼれ落ちていた。

「まあ、このお茶を飲んだらもう休もう。私も休めるときに休んでおく」

リーザが涙は流しながらうなずいた。

さて、どうやって、泣いている奥様を泣きやませようか……

◆

「リーザ、寝る前に風呂に入ろうか」

旦那様は明るい声でそう言って、わたしの肩を抱いて歩き出した。

「明日もまた一日中会議だ。代理人を立てて王都に向かわせて、街の組合長たちを呼んで治安悪化に備えさせないと。アイシャ族の動きも警戒しないといけない」

お風呂場の戸を開け、内側から鍵をかけて、旦那様が服を脱ぎ捨てる。

そっか、そうよね。レアルデまでもがローゼンベルクに攻めこんでくるかもしれないんだもの。

しかも、わたしの頭の中にある新型火薬についての情報のせいで。

セルマさんの言う通りだ。もしも捕まってしまったら、どうやって責任を取ればいいのかな。

……本当はそんなの、だれにも聞かなくてもわかってる。

剣で胸を一突きすればいいのよ。失敗したら、砦《とりで》の高いところから飛び降りればいい。わたしが死んでしまえば、火薬の製法は永遠に漏《も》れることはない。わかってるけど、怖くてたまらない。

「リーザ、おいで」

「ハイ……」

私は慌てて服を脱いで体に布を巻き、先に体を洗っている旦那様の背中をお流しする。それから急いで、自分の髪と体を洗った。

「どうした、さっきから元気がないな」

「いいえ、そんなことありません」

わたしは空元気を自覚しつつ、湯船で足を伸ばしている旦那様の隣に、そっと体を沈めた。

「まあ、なんというか、リーザ。そんなに悩むなよ」

旦那様がそう言って、顔をお湯でざぶざぶと洗った。

なんと返事をしていいかわからず、黙って旦那様の様子を見守る。

だってわたし、いざとなったら覚悟を決めなきゃいけない。怖い人たちが、わたしの大事な新型火薬を悪用しようと手ぐすねを引いてるってわかったんだもの。

だから、覚悟を……だめ、やっぱり怖い！

「リーザ」

「はい……」

旦那様の真剣な声に、内心怯《おび》えながら返事をした。いったい何を言われるんだろう。

「なあ、リーザ。……お前のことは必ず私が守るからな」

わたしはびっくりして、旦那様を見上げた。今、なんておっしゃったのかしら。

「お前のことは私が必ず守る。記憶が戻ってよかったな。頭の病《やまい》じゃなくて本当によかった」

旦那様がそう言って、わたしの体を引き寄せた。

たくましい片腕が、しっかりとわたしの背中に回る。

どうしよう、頼りたくなる。旦那様に寄りかかりたくなっちゃう。覚悟を決めて、いざというときはこの国の王女らしく、きっぱり命を断たなければと思うのに。

「う、う……」

わたしったら、こんなときに泣いちゃだめなのに。

「泣かなくていいんだ、リーザ。お前は何も悪くない」

「でも、でも、わたし、たぶん、みんなに迷惑をかけます！　迷惑はかけられないです！　だって
わたし、旦那様もローゼンベルクの皆様も、ポンタロスも、シュネーも、アルマさんも、執事さんも、みんな好きなのに、迷惑なんか……」

「私には迷惑をかけていい。家族ってのは、迷惑をかけ合うものだから」

旦那様が、穏やかな口調で言った。

わたしは慌てて、口をぎゅっと押さえる。泣いちゃだめだ。ちゃんと話をしなくては。

「でも、わたし……」

「考えてみてくれ。私も迷惑はかけてると思うぞ。忙しくてお前を放っておいてばかりだし、服の

一枚すら買ってやったことがない。お前はこんな私を迷惑だと思うか」

旦那様を迷惑だなんて思うわけがない。首を振って涙をぬぐい、わたしはきっぱりと言った。

「旦那様を迷惑だなんて思うはずがないわ。だってわたし、旦那様を愛してるもの」

「そうか、ありがとう」

旦那様に抱きしめられ、わたしはまた涙を流す。

こんなに迷惑をかけてるわたしに旦那様への愛を口にする資格があるのだろうか。

「私も同じだ。私もお前を愛している。お前を何にかえても守る」

「でも、わたしを狙って、レアルデ王国の軍が来るかもしれないのに……」

この問題は、夫婦の愛情云々《うんぬん》の問題ではないと思う。

戦争の火種になってしまうかもしれないわたしを、妻だからという理由でかばっていただくのは、申し訳ない。やはり、ローゼンベルクの皆様に迷惑をかけられない。

「リーザ、ローゼンベルク国境警備軍を侮《あなど》るなよ。簡単にアイシャ族やレアルデ王国の侵入を許すほど、私たちは甘くはない」

「え……？」

旦那様のいつになく冷徹《れいてつ》な声音に、わたしは驚いて顔を上げた。

「ジュリアス様は、即位なさってからずっと、国境線の防衛のために莫大な予算を投じてこられた。貴族たちの反対を押し切り、平和は無料で手に入れられるものではないと主張されてきたんだ。そのおかげで、私たちはこのような状況にも充分に備えることができた」

「だんな……さま……」

「国境警備軍は、いつ他国に侵略されてもおかしくないと思って日々訓練を重ねている。今回の話も、別に寝耳に水ってわけではない。とうとう来たかと思っているだけだ」

旦那様がずぶ濡《ぬ》れの顔を大きな手でぬぐい、ニッコリ笑った。

「そして、リーザ。これは将軍としてではなく、お前の旦那として言うんだが……」

わたしの湿った髪をぐしゃぐしゃと掻き回し、旦那様が静かな声でおっしゃった。

「リーザのことは私が必ず守る、大丈夫だ。たとえ私が『将軍様』ではなく『ただの敗残兵のおっさん』になっても、私はお前を背負って逃げ回るつもりだ」

「……だ、だんなさ……」

どうしてそんなことをおっしゃってくださるのだろう。

こんなふうに、ここまでわたしのことを思ってくださる方が、お兄様以外にいるなんて。

旦那様がわたしをそんなに大切にしてくださることが信じられなくて、涙が止まらない。

妾腹《しょうふく》の王女で、後ろ盾も何もないわたしを妻と呼んでくださるだけでもありがたい。その上、どうしてこの方は、ここまでおっしゃってくださるのだろう。

「ま、そのかわり、将来私が碌《ろく》でもないジジイになっても、見捨てずに面倒を見てくれ」

旦那様が冗談めかした口調でおっしゃり、おどけて片目をつぶってみせた。

「嫌か？　まあなるべく若作りしてがんばるから」

旦那様の言葉に、涙がぼろぼろ出てくる。

ついに我慢できなくなって、わたしは声をあげた。

「う、うわあああああ、嫌じゃないいい……」

叫んで、旦那様に力いっぱい抱きつく。

旦那様が、わたしの頭を撫《な》でて苦笑した。

もくもくと湯気が立つ中、旦那様としっかり抱き合う。

わたしは全身全霊で、旦那様が差し出してくださった優しさにすがりついた。新型火薬の知識を狙われているわたしでも、愛する旦那様と一緒に過ごせる、穏やかな未来が……

「だ、だんなざま」

「なんだ」

「わ、わだじ、死ななきゃ、だめかど、おもって、ごわがった……」

「まったく。お前はせっかく美人なのに、どうしてそんな妙な泣き方をするんだろうな、いつも」

旦那様が呆れたようにおっしゃり、大きな手でわたしの両頬を包んで、口づけしてくれる。

ゆっくりと唇を離して、再び旦那様と力いっぱい抱き合った。

ああ、この人は、わたしの『旦那様』なんだ。

今やっと、自分たちは夫婦なのだと感じられた気がする。心の底から。

「だ、旦那様、明日もお早いのに……だめ、ん、っ」

いい子のふりをしてわたしはそう言った。

唇を塞がれ、閉じようとした足を膝でぐいと開かれて、わたしはぎゅっと目をつぶる。

「旦那様……」

旦那様のたくましい体に触れるたびに、肌が燃え上がりそうだ。

伝わる肌の感触に、愛おしさが満ちてくる。

腰を抱かれ、その下に枕を差し入れられて、わたしは驚いて目を開けた。

「え……っ、旦那様、何なさ……きゃっ」

わたしは悲鳴をあげて、旦那様の髪を掴んだ。

足の間に、旦那様が顔をうずめている。何が起きたのかわからず、わたしは首を振った。

「ちょっ……っ……やだ……！　っあ、あああっ、そんなところ、だめ……」

足を閉じようとするが、旦那様の頭があってかなわない。

「だめ、舌、だめ……！」

わたしの裂け目に、旦那様の舌がゆるゆると忍びこんでくる。

「ひぃ……っ、いやぁ！　やめて、汚いからぁ……っ」

枕を掴み、わたしは必死で腰を引いた。

舌先に応《こた》えるように、わたしの体が開かれてゆくのがわかる。

こんなことをされて濡《ぬ》れるなんて、だめなのに……

「やめて、お願い、これ、恥ずかしいです！」

「いや、最近肉付きがよくなったから、美味《うま》そうだと思ってな……たまらん感触だ」

旦那様が顔を離してあっさりとおっしゃり、わたしの腿《もも》の内側に、軽く噛《か》みついた。

ただそれだけの刺激で、全身がわななく。

わたしは体をくねらせ、旦那様の頭を指先で押さえて哀願した。

「ねえ、だめ……口……だめ……」

「何がだめなんだ。私は極楽にいるような気分だが」

「やぁ……っ」

再び足の間を攻め立てられ、わたしは歯を食いしばった。

暴れて、足が旦那様の頭に当たったら怪我をさせてしまう。

だから、抗《あらが》えない。こんないやらしい責め苦にも耐えねばならない。

何より、わたしの体が正直に反応していることが、つらい。

「ひぁ、っ、やあっ、あっ、あ、あああっ……そこ、だめぇ……ッ」

必死で息を整え、枕を握りしめて、わたしは襲いくる快感をやり過ごす。

このまま鋭敏な部分を舌で攻められていたら、一人で極《きわ》みに達してしまいそうだ。

「はぁ、だ、め……だめぇ……っ、うっ、あうっ……」

蜜《みつ》でぐっしょり濡《ぬ》れてゆくのを感じながら、わたしはひたすら、旦那様の舌の感触から意識をそらす。旦那様が、わたしの内股をゆるゆると撫《な》でるのが、また、苦しくてたまらない。

「あ、ん、っ、うっ、やあぁ、っ、は……ぁっ」

涙で視界がにじむ。

怖かったことも悩んでいたことも、どろどろと頭の中で溶けていく。

旦那様の愛撫《あいぶ》しか感じられない。胸の先端が硬く尖《とが》り、膝がぶるぶると震えはじめる。

「んっ、ああ、いやあっ……いき、そ……っ」

わたしは、足の指で必死に敷布を掴んだ。快感をやり過ごせない。

舌で舐《な》め上げられた襞《ひだ》がひくひくと震える。わたしは抑えきれない声をあげて、大きくのけぞった。

「あああ……っ、は、あ、っ……ひ、う……っ、いやあ……っ」

旦那様が、口元をぬぐいながら体を起こす。わたしは、淫《みだ》らにひくひくと痙攣《けいれん》を続ける裂け目を隠すため、慌てて足を閉じた。

それから、あることに気づいて、こぼれた涙をぬぐって起き上がる。

「あ……旦那様も……」

旦那様が我に返ったように、身を引いた。

「こ、こら、私はいいんだ、もう休もう」

わたしは首を振り、反り返った旦那様のものに、そっと口づけした。

旦那様のたくましいお腹が、一瞬ビクリと震えた。

上目遣いで旦那様を見上げると、旦那様も何も言わずわたしを見つめていた。

汗だくの旦那様にほほえみかけ、わたしは再び口づけをする。

「っ、……リーザ……っ、私はいいから……」

わたしは舌先でそっと旦那様のものを舐《な》め上げた。旦那様も気持ちよくして差し上げたい。

そして、血管の浮いた根元のあたりを優しく握る。

「こんなに大きい……。はじめの夜は泣いてしまいましたよね、わたし」

懐かしい気持ちになりながら、わたしはゆっくりとくびれを、浮き上がる筋を舐《な》め、そのまま優しく口に含んだ。

「ん……っ」

旦那様の大きな手が、わたしの髪を掴む。

ああ、旦那様も気持ちがいいんだな、と思った。できるだけがんばって、奥深くまで咥《くわ》えこむ。

苦しい……。とても大きいから、顎《あご》がはずれてしまいそう。

「こ、こら、無理するな」

でも、気をつければ大丈夫だ。わたしは、塩辛くなってきた旦那様のものを口に含んだまま、一心不乱に舐《な》め回した。

頭も動かしたほうがいいのかしら。だんだん、息が苦しくなってきた。

「う……いつの間に、そんな、上達……」

旦那様の吐息がなんだか心地いい。

がんばろう。わたしだって、旦那様にお口で達していただきたい。

「リー……ザ……」

旦那様のものが、口の中でぐっと反り返る。

「リーザ、すまん。顔を離せ、もうだめだ」

わたしは首を振り、ますます大きく硬くなったものにしゃぶりついた。旦那様の呼吸が激しくなり、不意にわたしの口の中で熱が弾けた。

わたしは慌てて、溢れだした旦那様の熱を呑み下す。

こんなふうにするの、はじめてだな……。なんだか、不思議。いつもと違って新鮮な感じ。

「ふ……う……」

旦那様のものをもう一度舐《な》めたあと、わたしはゆっくりと顔を離した。

ふらついたわたしの体を、旦那様が慌てて抱きとめてくださる。

わたしは腕を伸ばし、旦那様の汗だくの腰にぎゅっとしがみついた。

「ねえ、気持ちよかった？　旦那様」

「ん、ああ……」

「うふ、楽しかった。旦那様ってどうしてこんなに素敵なの」

満足してそう言ったわたしを軽々と寝台にのせて抱きしめ、旦那様は疲れた声でつぶやく。

「あのな……リーザ……まあいい、寝よう」

わたしは旦那様に寄り添って目を閉じた。

心から、旦那様のすべてが愛おしいと思える。

わたしたちは夫婦。わたしは、旦那様の妻。今夜ほど、それを幸せに感じたことはない。

◆

「旦那様ぁ」

「ん？」

「氷青石《ひょうせいせき》の廃鉱山で採れた石、手に入りませんか」

仕事中の私を訪ねてきて、リーザが神妙な面持ちで言った。

一体何を言いだすのだろうか。

アイシャ族も欲しがっていた氷青石《ひょうせいせき》。不純物が多いため宝石としては人気が出ず、今では採掘もされていないような地味な半貴石だ。あの石に何があるのだろう。

「あんなもので何をしたいんだ？」

「爆弾の原料が、氷青石《ひょうせいせき》なんです。旦那様」

真剣な表情で赤紫の瞳をきらめかせ、リーザが言った。

甘いばかりだと思っていた美しい顔に、兄君によく似た怜悧《れいり》さが漂《ただよ》っているように見える。

「……知らなかった」

「博士を殺し、新型火薬の製法書を持って逃げた、レアルデ人の学者がいたのです。その人が、レアルデの火薬の製法を売ったのでしょう。でも、博士は製法書にすべてを書くのは危ないとおっしゃって、大事な部分はわたしだけに教えてくださいました。火薬を安全に運用できるようになるまで……お兄様の許可を得られるまでは、絶対に文字に残してはだめだとおっしゃって。その部分がなければ、火薬を爆弾に仕立てて戦争で使うのは、かなり難しいと思います」

「どういうことだ？」

私の問いに、意外なほどに理知的な口調でリーザが答えた。

「博士とわたししか知らないのは、火薬を安定化させる方法なのです。火薬を確実に安全な状態で持ち運びできるようにする処理は、博士とわたししか知らないの。つまり、本当の意味で新型火薬を作れるのは、博士とわたしだけなんです」

私はじっとリーザを見る。

「わたしに火薬を作らせてください、旦那様。わたしはエリカ博士から、安全に火薬を生成する方法を習っています。低温であることが、火薬を安定化させる絶対条件なんです。……ローゼンベルクの寒さであれば、ほとんど危険のない状態で作業ができると思います」

なんと返事していいのか戸惑い、リーザから目をそらす。

「いや、でも危険なことは……」

「危険でもやります。決めました」

リーザは迷いのない声で言った。

「旦那様。わたしは火薬の知識で旦那様のお役に立ちたい。わたしの知識があれば、旦那様もお兄様も、ううん、この国を助けられるはず」

リーザの白い指が伸び、私のごつごつした指にそっと触れた。

「お願いします、絶対に安全に配慮しながら作るから」

「でも」

私が口ごもると、リーザは指に力を入れる。

「ねえ、旦那様、もしもレアルデが爆弾でこの国に攻めこんできたら、わたしの爆弾でレアルデの軍を迎撃してもらえませんか。本当は、新型爆弾をそんなことには使いたくない。山ばかりのこの国の土木工事の発展のために役立てたいです。火薬は平和のために作られるものだ、ってお兄様もエリカ博士も繰り返しおっしゃっていました。でも、レアルデとの戦争でこの国のみんなが傷つくくらいなら、わたしの爆弾で、敵を脅かして追っ払ってください。わたしの爆弾には……きっとまだ、どの国も敵いません。他国はカルター王国の武力に、一目置くようになるでしょうから……」

リーザの瞳が異様な光を帯びて、息を呑む私の姿を映し出す。

愛らしいばかりではない、底知れぬ強さを秘めた美しい王女の顔で、リーザは続けた。

「戦争に火薬を使わない、という博士との約束を、わたしはやぶります。カルターが他国に踏みにじられるという悲劇を起こさないために」

私はリーザの姿に圧倒され、言葉もなく彼女にうなずいた。

◆

旦那様が用意してくださったのは、今は使われていない砦《とりで》の地下牢《ろう》だった。

冷え切った真っ暗な牢獄《ろうごく》だ。ぽつぽつと灯《とも》されている明かりだけが新しいようだ。

天井から錆びた鎖がつるされ、朽《く》ち果てた扉がギイギイと音を立てていて、秘密基地っぽい。

「爆薬の開発施設など、ローゼンベルクにはないんだ。だから仕方ない、ここを使ってくれ」

「すごいぃぃ……素敵！」

「ウーン……素敵か？　亡霊が出るという噂があるが、怖くなければ使ってくれ」

「ありがとうございます、とっても嬉しいです！」

胸の前で手を合わせ、旦那様を見上げた。

これだけ湿度があり、温度が低ければ、きっと実験はうまくいくだろう。

とても気に入った。

「ここなら、万一の爆発にも耐えられそうですね」

「それ以前に、爆発はさせないでほしいんだが。おい、リーザ。危険なことはさせないぞ」

もちろんだ。爆弾は重大な責任を持って取り扱わねばならない。

失敗には多くの犠牲がつきまとう。博士にもお兄様にも、何度もきつく釘を刺されている。

「本当に、危険なことはさせないからな。わかっているのか、リーザ」

「大丈夫です」

旦那様にうなずき、しっかりと目を見つめて返事をした。

「エリカ博士に習ったこと以外は、決していたしません。お約束します、旦那様」

「やっぱり不安になってきたな……」

あまり信頼されていないようだ。

「大丈夫です。エリカ博士に許可された中で、一番強い爆弾を作ります！」

「うーん」

「大丈夫ですから！」

「うーん……怪我なんかしたら許さないからな」

心配そうな旦那様を見送り、持ってきたお掃除道具で埃《ほこり》を払って、地下牢《ろう》を磨き上げた。

入り口の兵隊さんにも「ゴミが舞い散るから入ってこないでください」とお願いする。

兵隊さんたちに「地下牢《ろう》が怖くないのか」と聞かれたので、大丈夫だと答えた。

「さ、がんばろうっと」

腕まくりをして、旦那様に用意していただいた氷青石《ひょうせいせき》と蝶水晶《ちょうすいしょう》の原石を確認する。

この蝶水晶《ちょうすいしょう》こそ、新型火薬を安全に使う上での要《かなめ》となる。

わたしは二つの原石をじいっと見つめながら、かつてを思い出す。

わたしが胸に下げていた蝶水晶《ちょうすいしょう》の首飾りを見て、博士がひらめきでそれを使ってみようと言い出したのよね。

こんなに効果があるなんて思わなくて、二人で大笑いした。

本当に、博士との日々は楽しかった。懐かしい。会いたいな、博士。がんばるから、見守っていてくださいね。

とりあえず、今日中に、火薬の成分の抽出を終えてしまおう！

◆

「旦那様ぁ、おはようございますぅ。昨夜は明け方まで、お仕事お疲れ様でございました」

「お、おお、リーザ……なんだその恰好は……」

リーザに揺り起こされて目を開けると、そこにはとんでもない筒状の物体が鎮座していた。

リーザは頭から分厚い布をかぶり、目のまわりには硝子《がらす》で作った、なんとも表現できないメガネのような器具をつけている。

布製の土管になってしまったように見えるのだが……

「原料の取り出しと制御部品の作成が終わったので、今日は火薬の合成に入ります」

布の奥でもごもごと声がした。

「そ、そうか。それで、なんだその服」

「防護服です、旦那様。お嫁入りの道具の箱に突っ込んでありました。朝早くに起きて、衛兵さんたちと一緒にお家に取りにいったの」

「なるほどね」

防護服か。物々しいので何かと思った。

リーザは昨夜、ずっと地下牢《ろう》に閉じこもり、作業をしていた。夕飯どきにも現れず、私が慌てて探しにいくまで、真っ暗で不気味な牢獄《ろうごく》にこもっていたのだ。

黙々と作業していた愛する妻を幽霊だと思い、「ひっ」と声をあげてしまった自分が情けない。

移動する土管と化した妻は、寝台の脇にあるかごの中のシュネーを見ようとかがみこんだ。

シュネーが悲鳴に似た声でキャンキャンと吠えたてる。

「リーザよ、シュネー」

通じないようだ。しまいにシュネーは、ひぃひぃ鳴きながら毛布に潜りこんだ。

土管型の妻がしょんぼりと肩を落とし、くるりと私を振り返った。

「旦那様、昨日の地下牢《ろう》の鍵をお貸しくださいませ。続きをいたします」

「あ、ああ、うん……」

目を擦って起き上がる。

「張り切って準備しているところ悪いが、ちょっと待っていなさい」

私も私で、今日も忙しいのだ。

アイシャ族の所持しているであろう爆薬の脅威からローゼンベルクの街をいかに守るか、街の組合の長《おさ》たちを集めて話し合いをしなければならない。

氷将レオンハルトの正念場だ。

昔、先代の王——今は亡きリーザの父君に言われたではないか。

『溶けない万年雪のように常に氷原にあり、将としてカルターの北限を守り続けてくれ』と。

そのあといつものようにヘラヘラ笑いながら、『お前は見目もいいからぴったりじゃないか、氷将ってカッコいいだろう』などとおっしゃって、誤魔化《ごまか》すように笑っておられたが。

私はずっと、後半の冗談が先王陛下の本音だと思っていた。だが、違っていたのかもしれない。

底知れぬ危機にさらされた今、前国王の本音に気づかされた。

私は、土管のような姿でもぞもぞと部屋を行き来するリーザを振り返った。

「旦那様ー、朝ご飯をいただきにまいりましょう」

「その恰好でか」

「ハイ！　ほら、口のところは開いておりますので」

リーザが手をにゅっと出し、顔のあたりを引っ張った。桃色の唇が、布の隙間から覗く。

「ははっ」

私が思わず噴き出すと、リーザは頭巾のようになっている防護服の頭部をめくり、愛らしい顔をひょいっと見せた。

「ホラ、頭のところはボタンではずれますので、ふふっ」

リーザが嬉しそうに笑い、また頭巾をかぶった。

この防護服とやらがよほど気に入っているのだろう。

無邪気なリーザの姿を見ていたら、再び先王陛下の言葉が思い出された。

——溶けない万年雪のように常に氷原にあり、将としてカルターの北限を守り続けてくれ……

「リーザ」

「なんでしょう？」

「お前、王都に帰りたくはならないか？」

ふと、リーザに尋ねた。彼女は不思議そうに私を見て、赤紫の瞳をにっこりと細める。

「なりません。夫婦だからずっと一緒。ずーっと一緒です、旦那様！」

「そうか」

なんだか安心した。

お前だけは王都に帰れ、もしくは母のいるレヴォントリに避難しろ。リーザに危険が迫っている今、そう命じるべきなのかもしれない。

だが、リーザが一緒にいてくれるだけで心の底からホッとするのだ。この小さくていつも自由な姫君が、いつの間にか私の心の支えになっている。

「閣下、お話が」

名を呼ばれ、振り返った。

入り口に、ヴィルヘルム君が立っている。

「じゃあ、わたしは先に行って配膳をしてまいります。ヴィルも一緒にご飯食べましょうね！」

もさもさと出てゆくリーザを見送り、私は彼を招き入れた。

「ヘルマン殿から言いつかってまいりました。アイシャ族が何やら動きはじめているようです。以前と同じ砲撃を試みているかもしれないとのこと」

彼の言葉で、リーザのほのぼのした姿が瞬時に脳裏から消え去る。私は急いで上着を羽織った。

「物見台に行く」

「その前に」

ヴィルヘルム君の声に、私は足を止めた。

「閣下……実は、ジュリアス様から言いつかってきたことが、もうひとつあります」

いつも冷静な彼の声は、震えていた。透きとおる金色の瞳が、怯《おび》えにも似た色を浮かべている。

「どうしたんだ？」

「ローゼンベルクは国境地帯、いつ危険なことが起きるかわかりません。もし変事があった場合、リーザ様を連れて異国へ逃げろと、命じられました。私の剣の腕があれば、二人で逃げ切れる可能性も高いだろうと。逃亡のための費用も、かなりの額を預かっております」

ヴィルヘルム君の言葉を聞いた瞬間、セルマが伝えてくれたジュリアス様の伝言が不意に思い出された——私がしたことを罪と呼んでもかまわぬ。恨んでもかまわぬ、という言葉が。リーザの安全を願っておられるジュリアス様の必死な想いが、私の心にずしりとのしかかる。

ジュリアス様は、私のことすら完全に信じてはおられなかったのだ。だがジュリアス様を責めることなど、どうしてできようか。私がジュリアス様の立場でも、愛する実の妹を守るために、幾重《いくえ》にも策を練るだろう。

「私……私は、ずっとあいつの、リーザのことを見てたんです。あいつは私にとっては王女様じゃないし、姉代わりなんかでもない。ずっと、ガキの頃から……」

「ヴィルヘルム君」

「すみません。大変失礼なことを申し上げておりますが、お許しください、閣下」

形のいい唇を噛《か》みしめ、ヴィルヘルム君が呻《うめ》くように、私に言った。

「だから、私はリーザを連れて逃げません」

「えっ、なぜ……」

なぜだ。そこは『逃げます』というところではないのか？

「アイツは、私が連れて逃げたって幸せになれない。ここから逃げて自分だけ生き延びても、絶対に幸せにはなれないって、わかるんです……これは閣下がお預かりください。リーザの逃亡費用として陛下からお預かりした、一千万カルティンの小切手です。防衛戦の足しにしてください」

私は反射的に首を振る。

なんと答えていいのかわからないが、それは受け取れない。

「いや、私の面子《めんつ》など気にするな。その金はリーザの命を守るために使ってくれ。リーザが生き延びられるのであれば、私は」

……私はリーザとの約束も反故《ほご》にする。将軍位を捨ててもお前を守るという誓いをやぶって、彼女に恨まれてもいい。リーザに、より確実で平穏な未来が拓《ひら》けるのならば――

しかし、私の言葉は、ヴィルヘルム君の震える声にさえぎられた。

「閣下、花はどこでも咲けるわけじゃないんです。リーザは、ここでしか、咲けないんです」

気づけば、ヴィルヘルム君の目には、薄く涙がたまっていた。

私は己の愚かさに、自らの頬を打ちたくなる。

そうだ、私が今踏みにじろうとしたものは、リーザとの大切な約束だけではない。

ヴィルヘルム君の、リーザへの……

やめよう。私には、その言葉を口にする資格はない。

「わかった、陛下の小切手は受け取ろう。あとでお返ししておく」

ヴィルヘルム君が顔を上げた。美しい彼の顔からは、もう悲しみの影は見えない。

己の激情を呑み下した彼の騎士としての態度に、私は心から感嘆した。

——君は素晴らしい騎士だ。私は今、君から多くを学んだ。守るべきものの心を踏みにじって、何が『それが正しい』だ。私は、阿呆だ。

「ローゼンベルクをやぶられればカルターは終わりだ。だがそんな真似《まね》はさせない」

私の言葉に、ヴィルヘルム君が姿勢を正し、流れるように敬礼した。

「ありがとうございます。私もこの黒騎士褒章《ほうしょう》にかけて、必ずや、閣下のお役に立ちます」

◆

「リーザ、お前が砲撃の様子を見てどうするのだ」

わたしは旦那様の言葉にお返事する余裕もないまま、じっと双眼鏡を覗きこんだ。

発射地点はあそこ……爆発の規模はかなり大きい。そして、暴発が起きたのは、発射地点からほとんど離れていない場所。わたしは必死に頭の中で計算をした。

「えっと、強い衝撃が加わってから一秒も経たずに暴発してるわね」

「リーザ、どうしたんだ？」

わたしは、ゆっくりと双眼鏡を下ろした。

あの砲撃を行ったのはアイシャ族。そして、使われた火薬は、不完全な新型火薬……博士を殺して盗んでいった製法で作られたものだ。レアルデの盗んだ『新型火薬』を、アイシャ族が使っている。つまり、アイシャ族の背後には、レアルデ王国がいるんだ。

アイシャ族はずっと、ローゼンベルクの港が欲しい、街が欲しいと言い続けているらしい。何度もローゼンベルクに攻めこもうとしては、旦那様に追い払われていると聞く。

おそらくレアルデは、不完全な新型火薬の安定化実験で、試行錯誤を繰り返しているのだろう。その一環として、実験段階の火薬をアイシャ族に渡しているのだ。そして、もしも砲撃に成功したら、アイシャ族を蹴散らして、自分たちがカルターに攻めこんでくる気に違いない。

唇を噛《か》んだわたしの耳元で、不意に懐かしい声が囁《ささや》きかけたような気がした。

『火薬は武器ではなく、土木工事の要《かなめ》なんだ。わたしは、この国の発展を祈っているんだよ』

ああ、博士はきっと、わたしのそばにいてくれている。わたしはそう確信した。

「リーザ、どうした」

「なんでもありません。大丈夫。爆発の様子を観測できて満足しました、旦那様」

わたしは、そう答えて旦那様にほほえんだ。

博士。リーザは必ず、博士の知識を守りぬき、正しいことに使います――

◆

「旦那様ー、お夜食でございますぅ」

可愛らしい妻の声とともに扉の向こうで何やらごそごそしている気配がする。

鬼のような形相《ぎょうそう》で報告書を読みこんでいたが、慌てて笑顔を作った。

また飯を作ってくれたようだ。明るいリーザの声にほっとする。

新型火薬の話を聞いたときには、事の重大さに動転してしまって情けないところを見せてしまったが、夫婦は一心同体《いっしんどうたい》だ。私は、リーザ一人に重荷を押し付けたりなどしない。

「お盆が大きくて開けられないぃぃ……」

可愛いリーザは、何やら困っているようだ。

面白いので見守っていると、困り果てた声が再び聞こえた。

「旦那様ー、開けてくださいませー」

ああもう、可愛いやつ。そう思いながら戸を開くと、山盛りの肉だけをのせた皿を盆で持ち、リーザが心底得意げな表情で立っていた。

「肉です」

「お、おお、肉か……肉だな」

リーザがつやつやした頬を光らせ、ニッコリ笑う。

「戦いの前にたくさん食べましょう！」

「ありがとう、しかしすごい量だ」

「えへへ……厨房長《ちゅうぼう》さんにいただきました！」

「そ、そうか」

多分、一回分の量ではなかったのだろう。

もしくは他人の分も全部持って来て焼いてしまったか、どちらかだ。

私は自分の頭より大きな薄切り肉の山を前に、急いで嬉しそうな表情を作った。

「なるほどな。何人分だ、これは」

「二人分です」

「そうか」

二十人分の間違いじゃないかな……と思いながら、妻を部屋に招き入れ、机の上を片付けて肉を置いた。

「今日は肉だけか」

「あとスープがあります。キノコのスープ」

そうか……まあいい。愛妻の飯ならなんでも美味《うま》い。

私はうなずいて小皿に肉を取り分け、頬張った。

「おお、美味《うま》いな」

「はい、厨房《ちゅうぼう》長さん直伝のタレで焼きました！」

「そ、そうか」

得意そうな表情を見る限り、彼女の中では『大成功』なのだろう。

うなずいで、肉を頬張る。味は美味《うま》いし、妻の愛がこもっていると思う。

「ところで旦那様、新しいキノコを見つけました」

「変なもんは食うなよ」

嫌な予感がして、私は反射的にそう言った。だってうちの奥様はわりと冒険するほうじゃないか。何を食わされるかわかったものじゃない。

毎日熱心にキノコ拾いをしているところを申し訳ない。しかし怪《あや》しいキノコを食ったせいでぽっくり死んだりしたら、戦争や新型火薬以前の話になってしまう。

「大丈夫です、厨房長《ちゅうぼう》さんも『食べられる』とおっしゃってくださいました」

「厨房長《ちゅうぼう》に見せたのか」

「はい！　キノコは毒があるものも多いので、ちゃんと聞きました」

そうか、厨房長《ちゅうぼう》なら信頼できる。

あいつは私の幼なじみで、食い意地が張っている。それゆえに、ローゼンベルクで採れる自然の恵みの『食える、食えない』の分類は正確だ。ある種の天才である。

「厨房長《ちゅうぼう》さん、新婚の頃よく召し上がったんですって。とーってもおいしかったみたい」

「……最近は食わないのかな？」

私は首を捻《ひね》りながら、リーザの得意なキノコのスープをいただくことにした。

うん、大丈夫だ。いつもどおり美味《うま》い。

「おいしいですね。上手にできました、旦那様ぁ」

リーザもスープを口に入れ、満足げに言った。

「ああ、美味《うま》いよ。体も温まるな」

……ちょっと待て。異様に体が熱くなってきたんだが、一体これはなんなんだ？

「だ、ん、な、さまぁ……」

リーザが妙な声で私を呼び、小さな手を私の腿《もも》の上に伸ばしてきた。

触れられた部分から、じんとした熱と痺《しび》れが生じる。

ごくりとのどを鳴らした私の額《ひたい》に己の額《ひたい》を押し付け、リーザが、甘い甘い声で囁《ささや》いた。

「なんか、変な感じがする……苦しい……治して……」

「リ、リーザ、このキノコ……何か妙な……んぐ」

リーザの柔らかな唇に口づけられた瞬間、全身に戦慄《せんりつ》が走った。

「旦那様、わたし、旦那様が食べたい、です、お願い、食べさせてください……」

リーザの細い指が、私の襟にかかる。

私は息を呑み、麗《うるわ》しの奥方の腰にそろそろと手を回した。

◆

「ひあぁっ、あ、あ、あ、っ」

こんな風に旦那様に可愛がっていただくのは、はじめて。

わたし、服も脱がずにおねだりするなんて。

信じられない。はしたない。なんて恰好をしているの、わたし。

「んん、く、っ」

テーブルの上を片付けて、わたしはそこに四つん這《ば》いになっている。

ゆっくりと音を立てながら、わたしのなかを行き来する旦那様。同時に、ぐちゅぐちゅという音が響く。恥ずかしさに耐えられなくなり、わたしは首を振った。

もう太ももまで、蜜《みつ》が滴《したた》り落ちている。こんなに濡《ぬ》れてしまうなんて。

太くて硬い旦那様のものを押しこまれ、苦しいのに、欲しい。旦那様が欲しくてたまらない。

わたしは髪が乱れるのもかまわず振り返り、旦那様に懇願した。

「あの、もっと奥に、挿《い》れて、欲しい……です……」

燃え上がりそうなほどに硬くて熱い旦那様に、もっと激しく突かれたい。

わたしはこんなに淫《みだ》らなことを考える娘だっただろうか。

だめ、わからない、体が熱い。旦那様が欲しくて欲しくて、どうにかなりそう。苦しい。

「ん、あ、っ、ひ……もっと突いて……。お願い、焦《じ》らされるの……イヤ……」

勝手に動いてしまう腰を、旦那様の大きな手にぐいと引き寄せられた。

わたしを攻め立てる旦那様の動きがピタリと止まる。

「聞こえないよ、リーザ」

また、ぐちゅっと音が響いた。わたしの体は勝手に震え、旦那様のものに絡みつく。

お願い、動いて、もっと突いて。わたしはおずおずと、旦那様に言う。

「気持ちいい、もっと、突いて、くださ……」

力が入らなくなり、わたしは上半身をテーブルの上に伏せた。

わたし、いつからこんなふうになったんだろう。

はしたないし、恥ずかしいのに……！

「聞こえないな」

旦那様は冷ややかにおっしゃると、ずるりとわたしのなかから出ていく。わたしの耳もとに、不意に旦那様の唇が近づいた。

「王女殿下が、テーブルにのっておねだりか」

「イヤ、意地悪……旦那様が、のせたくせに」

「いい眺めだ、自分がどれだけ濡《ぬ》れているか確かめるか？」

旦那様がテーブルにつかまるわたしの手を取り、わたし自身の足の間へ導いた。

「ほら、触ってみなさい」

なんてことをおっしゃるの。

そんな恥ずかしいこと、絶対に無理……

「いや！　恥ずかしい、許して」

「何が恥ずかしいんだ。確かめてごらん。いつも、どんなふうに私を誘っているのか」

わたしはぎゅっと目をつぶり、濡《ぬ》れそぼったそこにゆっくりと触れた。

「……挿《い》れやすいように広げてもらえるかな、リーザ」

羞恥《しゅうち》で全身が熱くなる。だが、わたしは背中を丸めて、秘所を開いた。

もっともっと可愛がっていただかなければ、この疼《うず》きは収まらない。

だから、旦那様の言うことを聞かなきゃ。

――そのとき不意に、後ろにいた旦那様の気配が遠のいた。

「ふ、え……？」

驚いて、わたしは目を見開く。

次の瞬間、再び激しく腰を引き寄せられ、旦那様のものが、膣内にずぶりと押しこまれた。

「んあ……っ」

待ちわびていた強い快楽に、思わず声を漏《も》らす。

腿《もも》の内側を伝い、蜜《みつ》が膝まで流れ落ちてゆく。まくりあげられたスカートを、旦那様がすさまじい力で掴み直すのがわかった。

わたしの体が、熱く硬い塊《かたまり》で幾度も突き上げられる。

ずりゅ、ずりゅ、と淫靡《いんび》な音が室内に響く。わたしののったテーブルが、律動《りつどう》の激しさにギシギシと悲鳴をあげた。

わたしは己を支える力も失い、旦那様に翻弄《ほんろう》されるがままに乱れる。

「ひぃ、っ、ああ……っ！　旦那様、熱い、もっとして、お願い、もっとぉ、っ」

「リーザ……ッ」

「あん、っ、ああ、っ、やだあっ！　もっと欲しい……っ！」

旦那様に貫かれ、わたしは懇願する。気持ちよさでとろけて、理性がなくなってしまいそう。

「なんて淫《みだ》らな子だ」

旦那様がのどで笑い、わたしの最奥を強く突く。

体が、びくりと跳ねた。

この激しさが欲しかったのだ。

「あ、あ……そう、それ、いい……」

快感に震えながら、わたしは涙を流して言った。

「いい、もっとして。わたし、もう、壊れたい……」

二人が繋がったところから、雫《しずく》がぽたぽたとテーブルに垂れる。

旦那様は、おいしい。わたしは与えられる快楽に陶酔《とうすい》し、彼に全てを委ねた。

「ひぁ、あ、あああ、っ」

幾度も膣内を擦られ、望んでいた激しい「ごちそう」を味わう。頭に星が飛ぶほどの刺激に、わたしは我を忘れて声をあげた。

「あん、っ、あ、っ、ひぃ……ッ、あああ、っ」

だめ、もうがまんできない。体をわななかせ、わたしは達してしまった。

旦那様の激しい動きはやまない。さらなる攻めを味わわされているうちに、体に再び妖《あや》しげな熱がこもりはじめる。

「ふ、あぁ……」

艶《なま》めかしい水音が一層大きく響き、体の奥がじんじんと痺《しび》れだす。

「あっやだ、嘘……」

そのとき、旦那様のものが今までにないほど強く奥に突き刺さった。

わたしは顔を上げ、ぎゅっと歯を食いしばる。

くちゅくちゅと音を立て、旦那様を呑みこんだまま、わたしのなかが痙攣《けいれん》する。

「二回も、イくの、はじめ、て、っ、ひぃっ、あ、あ、ああ……っ」

旦那様の熱が、わたしのなかにどぷどぷと注《そそ》がれた。

太ももを震わせ、わたしはテーブルの上に崩れる。

「あ、はぁ、っ、あ、あ……」

あまりの気持ちよさに息ができない。

ズルリと音を立てて旦那様のものが抜け、わたしの内腿《うちもも》がさらに濡《ぬ》れた。

「んぁっ」

こすられる感触に思わず声をあげ、体を震わせる。すると旦那様は慌てて抱き上げてくださった。

「リーザ」

「あ、は、はい……」

滝のような汗に濡《ぬ》れた旦那様が、ちょっとだけ怖い声でおっしゃる。

「あのキノコを食べるのは、もう禁止だ。身が持たんからな」

なんのことだろう、と首を傾げ、わたしははっとした。

もしかして、あのキノコには、興奮剤に近い成分が含まれていたのかもしれない。遅まきながら、そのことにようやく気づいた。

「ごめんなさい……気をつけます」

でも……旦那様、とてもおいしかった。

わたしは旦那様の首に手を回し、快楽の余韻《よいん》に身を委ねる。

素晴らしいごちそうのおかげで、明日の爆弾開発もはかどりそうだな、って思いながら。

第八章

リーザは寝室に駆けこんでくると、私の目の前で歓喜の声をあげた。

「できたぁ、できたぁ！　爆弾、できましたぁ」

リーザはキラキラと輝く青い石を頭の上に掲げて、くるくると回る。

「馬鹿ッ、危ないッ！　それは爆弾だろう、リーザッ！」

小心者丸出しの声が出てしまった。私は爆弾が怖いのだ。怖くない奴などいるのか。

「えへへ……大丈夫です、旦那様」

「こらっ、回るな、リーザッ！　危ないだろう、爆発したらどうするんだっ！」

うろたえる私にかまわず、リーザは笑う。

「危ないものでしたら寝室には持ちこみません。大丈夫です、旦那様！」

リーザが目をキラキラと輝かせ、私の目の前にずいっと『爆弾』を突き出した。

「見て、旦那様。この瓶に入ってる液体の中心に、ねじが刺さってますでしょ。起爆させるには、ねじを回して引っこ抜いて、別のこっちのねじを刺し直すのです。それから十分経たないと、爆弾は爆発しません。今はただのお水と一緒です！」

「……本当に爆発しないのか？」

「ハイ！」

そう言って、リーザが大事そうに加工した爆弾を細い鎖に通して首から下げた。一見首飾りのようで、これが爆弾とはとても思えない。

「はぁ、それにしても、あの地下牢《ろう》よかったなぁ。湿気があって低温で、だれもいなくって」

そんな場所、私は恐ろしくて近づく気にもなれない。リーザは私の無反応にもかまわず続ける。

「あのね、旦那様。毎日暗くなったころにね、『ローゼンベルクに災いあれー、うぅぅぅぅ』っていう男の人の声が聞こえました！　亡霊の声でしょうか」

そんな話、今はじめて知った。そして、知りたくなかった。

「あの牢《ろう》屋、今度一緒に冒険しましょう！　旦那様」

「しばらくは忙しいから、いつか暇なときな」

私は変な汗をかきつつ、震えながら答えた。

私の妻は、世界一可愛くて素直でいい子だ。でもちょっと、常識からずれている。王宮育ちの姫だから、天然さを指摘されずにきたのだろう。

「ねぇ、旦那様ぁ」

私の腕に、リーザが甘えるように腕を絡めてきた。

着付けてやった衣はなぜか乱れている。しかも胸の谷間に青くきらめく爆弾が挟まっており、素晴らしい眺めだ。

「もうお風呂に行く？」

「そ、そうだな」

「……お風呂の前に可愛がってくださる？」

「い、いや。風呂に入ってから……んっ……」

どうやらお待ちいただけないようだ。背伸びをしたリーザに首に腕を回され、私は唇を重ねた。

「わたし、火薬の精製作業中に考えていました」

リーザは柔らかな体を私に押し付け、首にかじりついたままつぶやいた。

「何を」

「旦那様の、挟めるかなぁって」

「えっ」

「挟んでみたいなぁ……ずっと今日考えてたの、ふふっ」

そんなこと考えながら作った爆弾は、大丈夫なのだろうか。

◆

「むぅ……旦那様の、逃げちゃう」

「無理に挟まなくていいよ、リーザ」

「でも一回、挟んでみたいのです！」

わたしは硬く反り返った旦那様のものに手を伸ばし、一度胸で挟もうとする。

――だめだ。とてもお元気なので、一瞬は挟めても、するっと逃げてしまう。

「むぅぅ」

「リーザ、あのなぁ」

旦那様は呆れたように笑い、急にわたしに覆いかぶさってくる。

不意を突かれて、わたしは寝台の上に転がった。

「焦《じ》らすのもいい加減にしてくれ」

「でも、胸で挟んで擦ってもらうと気持ちがいいって、兵隊さんたちが立ち話していたから」

わたしの言葉を聞いて、旦那様がわたしの両頬を摘まんだ。

「そんなもん、聞かんでいい。まったく、お前は」

旦那様が、わたしの頭を抱き寄せる。彼はうっすらと汗をかいていた。

彼の鼓動の高鳴りを耳にして、わたしの体が疼《うず》きはじめる。

旦那様の欲望を感じるのは、いつも少し怖くて……でも、とても気持ちがいい。

「ん……っ」

唇を重ねて舌と舌を絡め、わたしは旦那様の背中に腕を回した。濡《ぬ》れはじめた足の間を、硬く熱くなった旦那様のものが擦る。

「あ、ふ、っ」

敏感な小さな芽をぬるぬると擦られて、わたしは思わず声を漏《も》らした。

旦那様はわたしを焦《じ》らすように、ただ秘部を擦り上げるだけ。

「あ、あの、旦那……さま、ひい、っ」

早く挿《い》れてほしい。そう思いながら、わたしは旦那様を見上げた。

「リーザ、挟みたいんだろう。挟んでいいぞ、なんなら、そのまま果ててもかまわん」

旦那様が意地悪な口調でおっしゃった。

ああ、わたしが旦那様を焦《じ》らしたから、お仕置きをされてるんだ。

でもどうしよう、こんなふうにされていたら、本当におかしくなってしまいそう。

「だ、だんなさまぁっ、あぁっ」

胸の尖端を強く吸われ、わたしは思わず身をよじった。

旦那様の硬いものに擦られている部分が、あられもない水音を立てる。

「あ、うっ、やだ、それ、止めて……ひっ、う、ああっ」

嫌だ。このまま一人で果てるのは、なんだか寂《さび》しい。

なんとか旦那様を呑みこもうとするのに、旦那様はわたしをからかうように表面を行き来するだけだ。もどかしくて、たまらない。

「どうした、リーザ、何が欲しいのか言ってごらん」

「う、うっ、わたし……っ」

わたしはとうとう、いつもの言葉を言わされる羽目になった。

「だ、だんな、さま……だんなさまの、挿《い》れてほし……」

旦那様が、いいよ、とわたしの額《ひたい》に口づけを落とした。

絡みつくような音とともに、わたしのなかに旦那様のものが沈んでゆく。

「あ、ああ……っ、あっ、あ……っ」

ダメ……もう、挿《い》れられただけで体がひくひくする。

旦那様の乱れる息を、昂《たかぶ》りを感じ、こうして体を重ねていられるのは、とても気持ちいい。

旦那様はわたしの足を持ち上げ、優しく口づけをしてくださった。

「いい足だ。見えないところに、痕《あと》をつけよう」

「きゃ……っ」

旦那様が、わたしのひざの内側に口づけをした。赤い痕《あと》が、情交に咲く花のようにわたしの肌に浮き上がる。

「素晴らしい眺めだ。リーザ、お前は世界一綺麗だな」

体を起こして大きく足を開かされたわたしを見つめながら、旦那様が満足そうにおっしゃる。

わたしは長い髪を乱し、汗だくになっているはずなのに。

でも、嬉しかった。愛する人に綺麗だと言ってもらえて、わたしは嬉しい……

わたしは手を伸ばし、もう一度抱きしめてほしいとねだった。

旦那様のたくましい体に抱かれ、わたしは彼にしがみついて口づける。

離れたくない。旦那様はわたしのものだから。情欲に満ちた激しい息遣《いきづか》いも、貪《むさぼ》るような口づけも、わたしだけのもの。

「だんなさまぁ、だんな、さま、ぁっ……」

唇が離れる瞬間、旦那様の汗がわたしの額《ひたい》に滴《したた》り落ちた。

溢れた蜜《みつ》で腿《もも》を濡《ぬ》らし、わたしは無我夢中《むがむちゅう》で旦那様に体を擦りつける。

もっとわたしを乱してほしい。全身に痕《あと》をつけてほしい。

その想いが伝わったのか、旦那様はますます激しく動きだした。

「や、ぁ、熱いっ、あ、あああ……っ、ひっ……！」

わたしは喘《あえ》ぎながら、旦那様の精を体の奥深くで感じる。

「だんなさま……」

ああ、果てた旦那様の重みまで愛おしい。このまま溶けて、旦那様とひとつになりたい……

◆

私は、取り急ぎ氷青石《ひょうせいせき》の鉱山を封鎖することに決めた。そのためにこうして、普段からそばにおいている十人ほどの腹心だけを連れ、砦《とりで》からほど近い氷青石《ひょうせいせき》の鉱山にやって来たのだ。

氷青石《ひょうせいせき》が新型火薬の原料になるがゆえに、アイシャ族はあんなに欲しがっていたのか。私が無料で鉱山を採掘させろという彼らの要求を断ったので、彼らは無断で氷青石《ひょうせいせき》を採っているかもしれない。いや、きっとしているだろう。そういうやつらだ。

アイシャ族が暴発させた新型火薬の威力を思い、私は身震いした。不完全な火薬を作り続けられては、危なくてたまらない。新型火薬の原料を、他国に渡すわけにはいかない。

それから、ここに来た理由はもうひとつ。国境警備軍の幹部たちに、リーザの作った新型火薬の爆弾をお披露目《ひろめ》する前に、自分で威力を確かめておきたかったのだ。

ちょうどいい機会である。まずは私と腹心たちで、リーザの爆弾の威力を確認しよう。

「さ、リーザ、みんなにお前が作った爆弾について説明してくれ」

「はい、旦那様」

私の言葉に、リーザが深々とうなずいた。

「さぁ！　この宝石のようなものが、新型火薬製の爆弾でございます、皆様」

リーザが頬を精一杯引き締めて言った。

威厳のある表情をしているつもりなのだろう。私にしてみたら、愛らしくて仕方ないが。

「よろしゅうございますね、旦那様。大爆発いたしますので、大変です」

「あぁ、承知した」

愛用の槍にもたれかかり、私はリーザの言葉にうなずいた。

これから、氷青石《ひょうせいせき》の鉱山を爆破し、侵入を不可能にする。

「自国の者は全員、坑道から引き揚げさせました」

「それでは、準備完了ですね。これを起爆させて坑道の奥に投げれば、十分後にどっかんと爆発いたします。そのように作りました！」

リーザがすました顔で言う。

「ほーう、奥方様、すごいもんをこしらえましたね」

「じゃあ、投げるのはヘルマンさんにお願いしましょう。重槍投げの競技でいつも優勝していますから」

「心得ました」

ヘルマンがリーザから爆弾の説明を受けはじめた。一通り話を聞き、ヘルマンがうなずく。

「ウーン……少々恐ろしくはありますね。しかし不肖《ふしょう》ヘルマン、見事こちらを坑道の最奥に投げ、全力で駆け戻ってまいりましょう」

「はい！　気をつけて行ってきてくださいね」

「か、畏《かしこ》まりました、奥方様」

ヘルマンが真っ赤になる。私の奥さんに対してよその男がぽーっとなるなんて、面白くない。

だが、今はむっとしている余裕はない。私は表情を引き締め、ヘルマンに声をかけた。

「頼んだぞ。爆弾投入後、『十分後に爆破する！』と叫んでくれ。潜んでいるだろうアイシャ族が、氷青石《ひょうせいせき》を大量に抱えて逃げ出してくるはずだ。さ、リーザ、危ないから離れていなさい」

リーザがうなずいて、砦《とりで》のほうへちょこちょこと向かっていく。

部下を何人か、護衛として彼女に付き添わせた。

しばらくすると、坑道に潜っていったヘルマンが駆け戻ってくる。彼はかなりの巨体でありながら、素晴らしく俊足《しゅんそく》だ。こういうときは一番頼りになる。

「爆弾の設置、うまくいきました！」

私たちに声をかけると、ヘルマンは坑道を振り返り、すさまじい大声で言い放った。

「十分後に坑道は爆破される！　即時撤退せよ！　繰り返す！　即時撤退せよ！」

ヘルマンの言葉に答えるように、わらわらと数名が坑道から飛び出してきた。

――予想どおりすぎて、なんだか悲しい。

「な、なぜ国境警備軍がいるんだーっ！」

氷青石《ひょうせいせき》を山ほど背負ったアイシャ族と思《おぼ》しき男が、私たちに気づいて絶叫する。

アホどもの相手をして過ぎる日々をせつなく思いながら、私は槍をかまえた。

「おい、お前たち！　賊《ぞく》は生きたまま捕えろ！」

部下たちと、坑道から出てきた男たちを次々と薙《な》ぎ倒す。するといつの間にか、最後の一人になっていた。

「氷将レオンハルト、化け物め……」

つぶやいて、最後のアイシャ族ががっくりと気を失う。

「だれが化け物だ」

槍尻をドスンと地面につき、私はため息をこぼした。

アイシャ族め、腹立たしい。ちまちまちまちまとこすい悪事ばっかり働いて、本当に本当にむかつく。

しかも、氷青石《ひょうせいせき》を盗んでいるということは、新型火薬を開発しようとしているのだろう。

そのとき、賊《ぞく》の持ち物を調べていたヘルマンが、見事な懐中時計を見つけ出して眉をひそめた。

「これは……閣下、ご覧ください」

「どうした」

「この時計、象嵌《ぞうがん》の中に真珠がはめこまれていますよね。レアルデの貴族が功績を上げた平民に与えるものに酷似しています」

「レアルデとアイシャ族。やはり、真っ黒な線でつながってますねぇ」

部下が肩をすくめ、倒したアイシャ族の賊《ぞく》たちを縛り上げてゆく。レアルデがアイシャ族と共謀している確実な証拠が出てしまったな。懐中時計を手に私はため息を吐いた。

「まったく、お前らはどうしようもないな！　そろそろ本気で怒るぞ、私も！」

「くっ、でかい口を叩いていられるのも今のうちだ……レオンハルト・ローゼンベルク」

縛られたアイシャ族の男が、唾を吐いて言った。

「お前が後生大事に守り続けているこの街は、灰燼《かいじん》に帰《き》す……。今更慌てても無駄だぞ。みじめにのたうち回るのは、お前らのほうだ！」

どうやら、何か大事なことをしゃべってくれるらしい。

私はアイシャ族の男の前に膝をつき、顔を覗きこむ。相当な怒りが表情に表れているらしく、男が「ひっ」とのどを鳴らした。

「灰燼《かいじん》に帰《き》す？　お前らが先日しくじった爆弾の話か。もしそうだとするならば……」

雪の上に横たわる男を引きずり起こし、片腕で目の前に持ち上げる。

「く、苦し……」

「宣戦布告とも取れるな。我がカルター国境警備軍も、アイシャ族への侵攻を開始する。……かもしれないぞ、どうする？」

「ばか、め、こちらにだって、味方はいるんだっ……」

襟首を締める力を強め、宙吊りにした男ににっこりとほほえみかけた。

「なるほど、レアルデ軍はすでにお前たちと合流しているのか。ではひとつ教えてやる。レアルデは、お前たちを利用しているだけだ。アイシャ族の規模で、あの大国と同等の関係性など結べるはずがない」

「そんな、ことは、ない……っ」

アイシャ族がすでにレアルデと合流しているのは間違いなさそうだ。

男の言葉からそう読み取り、ジタバタ暴れて弱々しく蹴ってくる彼を、新雪の山の上に投げ捨てた。頭を冷やして、どれほど強烈な敵を呼びこんだのか、理解すればいい。

「新型火薬の爆弾をアイシャ族がたくさん手にしている可能性がある。また大氷原のアイシャ族の集落には、すでにレアルデの上級将校が出入りしているかもしれない」

私の言葉に、部下たちの顔が一斉に厳しくなった。

「閣下、今後の処理をいかがいたしましょう」

ヘルマンが聞いた瞬間、氷青石《ひょうせいせき》の鉱山からすさまじい轟音《ごうおん》が響いてくる。

地面から伝わる不気味な振動。鉱山を見ると、雪煙《せつえん》を巻き上げながら岩盤が崩落していた。小さな山の斜面が内部に向けて変形し、その稜線《りょうせん》を変えた。

リーザの『新型爆弾』が坑道を爆破したのだ。

ああ、なんという威力だろう。神の雷《いかずち》が振り下ろされたかのような、人知を超えた威力。

そこにいた人間は皆、崩れゆく小さな岩山を無言で見守った。

砦《とりで》に戻ると、リーザが『爆発の様子を見たい』とせがんできた。

自分で作った爆薬の威力を確かめたいのだろう。

「はぁー。すごいどっかんでございますね。計算どおりでございます」

大きな双眼鏡を覗きこみ、リーザが満足げに言った。

「あ、ああ、すごいどっかんだな、リーザ」

鉱山は完全に崩落し、姿を変えている。リーザはくるりと私を振り返ってほほえんだ。

「これで石は採れないので、もう大丈夫！　しばらくはだれも爆弾を作れないと思います」

「あ、うん、そうだな」

生返事をしつつ、私は額《ひたい》の汗をぬぐう。信じられないほどの威力を持つ爆弾だった。

仮にこれが、アイシャ族の手に渡っていたとしたら、これほどの火器がローゼンベルクの街中で炸裂《さくれつ》したら――考えるのも恐ろしい。

「旦那様、元気がございませんね」

ほんわかとしたリーザの声に、私はわずかに慰《なぐさ》められる。私を励ますように、彼女はことさら明るく続けた。

「あの、旦那様！　大丈夫ですよ。たぶん、アイシャ族さんが作る爆弾は失敗します」

今、リーザはなんと言ったのか。

「どういう意味だ？　リーザの作った爆弾は大成功なのに、アイシャ族が作る爆弾は失敗？」

「はい。アイシャ族さんが実際に爆弾を使われるところと、爆破事故の現場の報告書を拝見したら、だいたいの事情は呑みこめたのです」

「何をだ？」

「あの爆弾には、致命的な欠陥があります」

リーザが瞳をかげらせ、崩れた鉱山をもう一度振り返った。

「欠陥とはなんだ？」

「砲撃に使えない、衝撃に極めて弱い製法であの火薬は作られています。あの、えっと、大砲でどっかーんって撃ち出したら、その場で大爆発しちゃう火薬の製法を、博士は全部の書類に書いていたんです。新型火薬を勝手に戦争に使った人が、一回目で懲《こ》りるように。正しい製法を知っているのはわたしと博士だけ。新型火薬の後継者はわたししかいません」

リーザが手を伸ばし、私の腕にぶら下がる。それから、突然涙をこぼした。

「博士……博士……」

泣きながら、リーザは私の腕に小さな額《ひたい》を押し付けてくる。薔薇《ばら》色の唇を噛《か》みしめ、リーザは声を振り絞るように言った。

「旦那様、博士は今、天国でいっぱい実験をしているでしょうか。……博士は、本当に実験がお好きだったから。研究は本当に楽しいっておっしゃっていたの」

「リーザ……」

リーザは涙をぬぐい、顔を上げた。

「アイシャ族さんは、レアルデから、博士から盗んだ火薬を分けてもらったのでしょうね。でも、あの状態の火薬を弾丸に詰めて砲撃してきても、ローゼンベルクに届く前に爆発します。アイシャ族さんは、痛い思いをして可哀想だけど……レアルデと手を組んで火薬を勝手に使おうとしたのが悪いんです」

リーザは言い終わると、再び腕にぶら下がる。

砲撃はローゼンベルクまで届かない。レアルデが入手した火薬の製法は不完全で、砲撃の衝撃に耐えられない。

それは、おそらく真実だ。リーザの確信に満ちた表情を見て、信じられた。

「……爆弾は、野原や山を工事するための道具だもの。旦那様、わたしも博士も、あれを人殺しの道具になんか絶対にさせないわ」

私はぎゅっとリーザを抱きしめた。しかし、妙な感触に気づき体を離す。

「お前、なんだかゴツゴツしていないか？」

「はーい。旦那様に贈り物です、じゃじゃーん」

気の抜けた効果音を口にしながら、リーザは得意げに上着をめくった。

「爆弾は一個だけじゃないのです！　うふふ」

小さな上着の内側に、見覚えのある青いきらきらした飾り石が大量にぶら下がっている。

顎《あご》がはずれそうになり、なんとかギリギリで押しとどめた。

「一個じゃないって、リーザ、お前」

「火薬が洗面器になみなみできたから、全部加工しておきました」

思い返せばたしかに、リーザに渡した材料は、あのちっぽけな爆弾一つ分の量ではなかった。

気づかなかった、こんなに山のようにこしらえていたなんて。

リーザはなんと美しき爆弾魔だ……！

「あ、あの、それ、あといくつあるの……かな？」

「百個！」

「……百個……だと……」

ローゼンベルクを壊滅《かいめつ》させても余りある量ではないか。

またしても、変な汗が噴き出す。

リーザはにっこりほほえんだ。

「これでレーエ河の氷を一気に爆破させるのです。ローゼンベルクに攻めこもうとする皆様は腰を抜かすと思います。旦那様の役に立つ爆弾です！」

「あ、ああ」

「戦争……すぐに終わりますよね？」

そう言ってリーザはするりと上着を脱ぎ、私に差し出した。

「旦那様！　旦那様ならこれを悪人に渡さず、正しく使ってくださると信じています」

「リ、リーザ、お前という子は……」

「はぁ、また一緒に温泉に入りたいなぁ」

リーザは唐突につぶやく。

……今までの真剣な話は、なんだったのだろう。

「なんだか今日は、旦那様に甘えたい気分」

リーザが背伸びをして、私に口づけた。そしてぴょいと飛びのき、艶《なま》めかしい仕草で唇を舐《な》めた。

「ねえ、今日、旦那様がお戻りになるの、寝ないで待ってる」

リーザの甘く美しい瞳にわずかな陰が差していることに気づき、私はかすかに眉をひそめた。

うーん、元気がないようだが、どうしたんだろうな。

◆

「寝ないで待っていた甲斐《かい》はあったか？」

わたしの腰を抱きしめながら、旦那様は優しい声でおっしゃった。

「ん、っ、ありまし……た……」

胸が揺れるのはやっぱり恥ずかしい。

旦那様に跨《また》がるのは慣れてきたけれど、下から胸を見られるのは、恥ずかしすぎて、まだ慣れない。

旦那様のものを咥《くわ》えこみ、わたしはゆるゆると腰を動かした。

くちゅくちゅという音とともに、旦那様のものが硬くなり、わたしのなかを押し広げてゆく。

「んっ、ん……ぁ……っ」

足が震えて動きが鈍《にぶ》る。

さっきからずっと、感じすぎて上手に動けないのだ。旦那様に腰を支えてもらわなかったら、倒れこんでしまいそうだ。

「は、っ、だんな……さま……っ……気持ちいい……ですか」

「ああ、極楽だな」

旦那様のお返事に、体が反応した。秘部がきゅっと締まり、じわじわと蜜《みつ》を溢れさせる。もう無理だ。少し動いただけで、腰が砕けてしまった。わたしは降参し、旦那様の体にそっと手をつく。

「ふ、ぁ……だんなさま……ぁ……わたし、動けません……」

「まったく、仕方がない」

旦那様は上半身を起こすと、わたしを抱きしめる。頬や額《ひたい》、それから耳に、口づけを降らせた。

「あ、あっ、んっ……」

唇が触れるたびに肌が震え、わたしは旦那様を締めつけてしまう。

快感に攻め立てられる。旦那様の熱をもっと感じたくなって、わたしは旦那様を呼んだ。

「だんな……さま……っ」

「またそんな可愛い声を出して……。焦《じ》らされるのも苦しいんだからな」

旦那様の胸にもたれかかると、ぬくもりが心地いい。旦那様の肌に触れているときは、とても幸せだ。

わたしは、旦那様と貪《むさぼ》り合うような口づけをかわす。ゆるゆると突き上げられ、乳房の先を旦那様に擦られ、わたしはあられもない声をあげながら、彼にすがりついた。

「だんな……さま……。はぁ、っ、だんなさま……好き……」

そのとき、つぅっと涙がこぼれた。心がゆるむと不安が押しよせてきてしまう。

わたし、本当は、戦《いくさ》が怖い。エリカ博士の命を奪ったこの世界の悪意が、怖い。

そんな弱音は吐けないと思うけれど、やはり怖い……

「あ、ああっ、あ……旦那様……来て……」

旦那様がわたしの言葉に応《こた》えて口づけを返してくれるたび、溢れる蜜《みつ》が増す。

わたしは旦那様に素肌を押し付けてもう一度言った。

「旦那様ぁ……もっと、ギュッてしてくださいませ……」

「どうしたんだ、今日はそんなに甘えて」

低い声で笑う旦那様の唇に自分の唇を押し付けて、わたしはうっとりと目を閉じた。

こういうふうに、旦那様に触れていると、自分が生きているのだと実感できる。うん、旦那様がいれば大丈夫。弱いわたしでも、旦那様への愛をお守りにしていれば、もっとがんばれるはず。

「リーザ、さっきは、なんだか元気がなかったな」

旦那様が、わたしの頬にそっと優しく触れた。そのままもう片方の手のひらで、わたしの背中を優しく撫《な》でてくださる。旦那様のいたわりが、わたしの体の芯に、新たな快感の熱を呼び覚ました。

旦那様にギュッと抱き寄せられ、わたしは涙をこぼしながら、小さい声で返事をした。

「は、い……」

「色々不安だろう。だが、こんな状況だし、不安になって当たり前だ。何か心配なことがあったら、私に言えばいい。それが夫婦ってもんだろう」

「あ、でも、旦那様たちの迷惑、に、なったらって……っ……」

「でもじゃない、もう忘れたのか。妻のお前は私が守る」

「だ、んな、さま……」

わたしは旦那様にすがりついた。どうして旦那様はこんなにお優しいのだろう。これ以上旦那様を好きになったら、わたしはどうなってしまうのだろう。

「思い出したか？」

まっすぐな声で旦那様がおっしゃった。わたしの胸に、申し訳なさと同時に強い喜びがこみ上げる。

「はい、ありがとう、ございます……」

旦那様とぴったりと肌を合わせ、わたしは心の底からそうつぶやいた。

嬉しい。旦那様のお優しい気持ちが、本当に嬉しい……

「……それでいい」

旦那様が囁《ささや》き、わたしの体をゆっくりと揺すった。体の一番深いところを力強く突き上げられ、わたしのなかに強い情欲の炎が燃え上がる。

「ん、だんなさま、っ……」

汗と蜜《みつ》に濡《ぬ》れそぼり、わたしは旦那様に抱き寄せられたまま、激しい律動《りつどう》に身を任せた。あまりの快感に気が遠くなりそうだ。

「あ、んっ、ふぁ……っ、あ、あぁ……っ」

強い突き上げで高みに押し上げられ、わたしは甘い痺《しび》れに身悶《みもだ》える。

「ひぃ、っ……」

快楽の果てに体を震わせながら、旦那様を呼ぶ。

「やっ、あ、ああっ……だんな、さま……」

旦那様のほとばしる精をうけて、わたしは再び小さく声をあげ、口づけをねだった。

旦那様と唇を重ね、舌を絡める。そうだ、わたしには旦那様がいてくださるんだ。

怖いなんてもう言わない。不安な顔なんて、絶対にしない。そう決めた。

この愛おしい旦那様を守るために、わたしは誰より強く、明るい女性にならなくては……

◆

「ほう、これが……」

「新型火薬の……爆弾……」

そうつぶやいたきり、ローゼンベルク国境砦《こっきょうとりで》の重鎮たちは言葉を失った。

ここは砦《とりで》にある会議場。彼らの視線の先には、可愛らしい女物の上着と、その内側に縫《ぬ》いつけられている、これまた可愛らしい宝石の飾り。彼らの横に並ぶ私も、言うべき言葉がわからない。

ああ、うちの奥さんはすっごく可愛いお姫様で純粋で、その上に夜は……と申し分のない子なのだが、目を離すとわりとびっくりするようなことをしでかす。

百個も作ってくれ、とはさすがに頼んでいなかったのだが。

「うかがった話から鑑《かんが》みるに、レーエ河の氷を爆発するには四つほどで充分な示威行為になるでしょう。それどころか河の生態系への影響が心配なほどの威力です」

「そうだな……」

私はうなずいて、アイシャ族の動向を観察して戻ってきた、斥候《せっこう》隊の隊長を振り返った。

「アイシャ族は近くまで来ているか？」

「はい、犬ぞりで一時間足らずの距離まで。野営地を張り、本格的に戦闘のかまえのようです。それから」

一瞬、考えるように言葉を切る。雪に目立たぬ、白い服装の斥候《せっこう》隊長が腕を組んだ。

「それから……予想どおり、アイシャ族ではない人間も、敵の中におります。彼らはレアルデ訛《なま》りの共通語を話しておりました」

「そうか」

「西のレアルデ本国からの挟撃も十分にありえますかね」

「いや。レアルデ本国は、まだアイシャ族を使って様子を見ている段階だろう」

私たちの会話をさえぎるように、文官の一人が明るい声で言う。

「なんにせよ、この火薬のおかげで開拓が進みますね！　今回の戦いで残った分の爆弾は、治水湖の掘削《くっさく》や、崩落危険性の高い岩盤の破壊に使えるのでは？」

彼の言うとおりだ。本来はそのために作られたものなのである。

「そうだな、まずは街に水を引くための池の開発に使える。ほかにも有効活用を考えよう」

答えた拍子に、ちんまりとしゃがみこみ、犬を撫《な》でるリーザの姿が頭に浮かんだ。

――ああ、リーザは「豊かな未来」への切り札なのだ。

そんな思いが唐突にこみ上げた。

私は彼女を愛している。そしてそれと同時に、国にとってもリーザは大切な人なのだ。そんな当たり前のことに、今更気づいた。

リーザは、国王ジュリアスから託された、この国の希望。リーザの持つ知識は、豊かな未来を招くために正しく使われるべきなのだ。リーザ自身が言うとおりに。

「そうだな」

私は部下の言葉にうなずき、丸まっていた背筋を伸ばした。みんなの視線が自分に集まったことを感じ、大きく息を吸って口を開く。

「カルター王国、およびローゼンベルクのさらなる発展のため、アイシャ・レアルデの連合軍の侵入は絶対に防ぐ。彼らが防衛線を突破する気配が見えたら、私たちも動こう。この作戦の指揮は私が執《と》る」

「閣下自ら先陣に立たれるのですか？」

「いい的になるぞ、私は目立つからな。そうだろう、ヘルマン」

「将軍閣下に的になられるなら、私どもも身を呈してかばわねば。命がいくつあっても足りません」

ヘルマンの軽口に、みんながどっと笑った。

『お前の派手な見た目は、ここぞという大舞台で活用するんだ。お前の髪に映《は》える、銀色でピッカピカの鎧《よろい》をやろう。それを着て、皆の標的になる覚悟を示せ』。そう言って、亡き父に渡された、すさまじく目立つ鎧《よろい》を着こんで、私はアイシャ族の前に立つ。

爆弾の脅しに屈さぬ防衛線の総責任者、氷将レオンハルトの底意地を見せつけるのだ。

私の人生はずっとこの砦《とりで》と、国境警備軍のみんなとともにあった。この街の領主として、カルター王国唯一の国境を守護する最高責任者として、矢面《やおもて》に立つ覚悟はできている。

優秀な部下を必死で育ててきた。万が一自分が倒れることがあったとしても、あとを任せられる者もいる。

凡人の自分が示せるのは、だれより強い覚悟だけなのだ。

「まあ、私は死なない。それに、お前たちにも怪我はさせんよ。一緒にがんばってくれ」

「そうですね。アイシャの軍勢はどう考えてもこちらは超えないでしょうし、こちらの軍容を見て、引いてくれればいいのですが」

「ああ。まず、怪我をせんこと、死なんことだ。私たちにはまだまだやることがあるんだからな」

私の言葉に、部下たちが力強くうなずいた。

何があっても、最後には名誉を捨てても、みんなに生き延びてほしい。私はだれの命も失いたくない。

できれば、この事態が人々に傷を残さず収束してくれればいい。

武人が活躍する世界など、本来あってはならない。『将軍様は退役なさるまで、平和な昼行灯《ひるあんどん》

だった な』と陰口を叩かれるような世界が、望ましい。

心の底からそう思い、見慣れた砦《とりで》の天井を見上げた。

ああ。明日も明後日も、その先の未来も、平穏な日であってほしい。

「閣下、失礼いたします」

会議場に、若い女の声が響いたのはそのときだった。

ボロボロで血まみれの靴に、乱れた長い銀の髪。埃《ほこり》で汚れた姿で、セルマがふらつきながら会議場へ入ってくる。

私の隣にいたヘルマンが、妹の凄惨《せいさん》な姿に飛び上がった。

「セルマ！　なんでそんな恰好に……何があった！」

「大丈夫。徹夜で走ったから、足にできたマメが潰れただけ。……閣下、ミラドナ様の命令で、敵を偵察してまいりました。昨夜の時点で、レアルデ国境から十里ほど先に、師団が駐留しておりました」

師団……一万人近い人数ということか。

会議場の凍りついた空気の中、セルマが淡々とした口調で続けた。

「レアルデは、アイシャ族と合流させた部隊の戦果を確認した上で、攻めこむかどうかを決めるつもりなのでしょう。カルターとの間に国際問題を起こしても新型火薬を取るか、あるいは何事もなかったふりをして引き上げるかは、師団長に判断が委ねられている様子です」

「なんでお前がそんなことまで知っているんだ？　どうやってその情報を手に入れた」

ヘルマンの言葉に、セルマが感情を排した声で答えた。

「娼婦《しょうふ》のフリをして、将官から入手しました。暗示をかけたらすぐしゃべったのです。そのあとは逃げ出して、ひたすら走って、数分前に砦《とりで》に到着しました」

「お前は……またそんな危ない橋を！」

「兄さん、お説教はあとにして」

怒りで真っ赤になったヘルマンから顔を背け、セルマが優雅な仕草で一礼した。

「とにかく、そういう状況です、閣下。適切なご判断をお願いします」

セルマの言葉に、私は深々と頭を下げた。

「……私の母が、危険な真似《まね》をさせたのだな。セルマ、本当にすまない」

セルマが、驚いたように目を丸くする。それから彼女には珍しく、若干困り気味に眉根を寄せて、ぶっきらぼうに言った。

「私は荒事には慣れています。氷神《ひょうしん》様の望まれる平和のためにしたこと。お礼など不要です」

◆

わたしは砦《とりで》の露台《ろだい》に立ち、抱っこしたシュネーに話しかける。

「シュネー、敵の軍隊が向こうにいるんですって」

「きゅうきゅうう……」

「レアルデも、こっそり兵をローゼンベルク近くまで連れてきてるらしいの」

戦争になるのね。心配でも、その言葉は口に出さない。

真っ白な地平線を睨《にら》みつつ、わたしはシュネーのふかふかした毛に頬ずりした。

あの大氷原に軍隊がいる。西の国境から少し遠い場所にも、レアルデ軍が迫っているらしい。どちらも、このローゼンベルクに攻め入ろうと備えているのだ。

レアルデとカルターは不可侵条約を結んでいる。

けれど、それを破ってもかまわないほどの理由が、レアルデに生じたのだ。国際問題に発展してでもレアルデが欲しがる、わたしの頭の中にある『新型火薬』の正しい作り方。

腕の中のシュネーが、寒くて不満なのか、きゅうきゅうと鼻を鳴らした。

「ごめんね、寒かったね……エリカ博士、お母様。どうかこの国を守ってください」

シュネーの小さな手をちょんと合わせさせ、自分も手を合わせる。天国の大好きな人たちにお祈りした。

シュネーが震えはじめたので、わたしは慌てて暖かい室内に入り毛布を敷いたカゴに戻す。

もうお昼だ。旦那様のお食事を準備しよう。

わたしは、明るい笑顔のリーザでいなくては。旦那様をほっとさせる妻でいなければ。

ローゼンベルクの危機に一番神経をすり減らしているのは、ほかならぬ旦那様なのだから。

わたしの得た知識が、この国を危険にさらしてしまっている。

博士から奪えなかった新型火薬の製法を、レアルデはもう一度奪いにきているのだ。大氷原の地理に明るく、ローゼンベルクのことをよく知っているアイシャ族をそそのかして。

わたしは彼らがとっても怖いけれど、最後まで戦うと決めた。

旦那様もお兄さまもこの国も、絶対に守る。だれの手にも落ちたりしない。本当に窮地《きゅうち》に陥《おちい》って舌を噛《か》み切るその直前まで、旦那様を信じてわたしは戦う。

「きゅうきゅう……」

黙りこむわたしを心配したのか、シュネーが服の裾にまとわりついてしきりに飛びつこうとする。

「ごめんね、おいで」

笑ってシュネーを抱き上げ、モコモコした顔に頬ずりをした。

大丈夫。怖くない。わたしには、愛する旦那様がいる。

◆

アイシャ族の動きが気にかかる。

会議が終わると同時に、朝から直していないボサボサの頭のまま、私は露台《ろだい》に走った。

晴れ渡る雪原の奥に、かなりの数の人間が控えているようだ。大きな煙が上がるのが見えた。アイシャ族は動いていない。すぐに斥候《せっこう》の報告を聞かねば。

急いで執務室に向かおうと砦《とりで》の中に戻ったとき、リーザがちょこちょこと走り寄ってきた。

子犬のシュネーも一緒だ。

「見つけた！　おはようございます、旦那様。ふふっ」

どうやらリーザは、私を探していたらしい。

「おはよう」

華奢《きゃしゃ》な体を抱き上げ、額《ひたい》に口づけする。

リーザはいつもどおり明るく愛らしい。そのことにホッとして、また額《ひたい》に口づけを落とす。赤紫の大きな瞳を細め、リーザがのどを鳴らした。

「剃り残したおひげが、くすぐったいです」

ひょいとリーザを床に下ろし、壁にかけられた時計を見上げる。

「すまない、リーザ。次の会議に行かないといかんのだ」

最後にリーザの額《ひたい》にもう一度口づけし、私はそこを離れた。

爆弾はすべて砦《とりで》の保管庫に厳重に保管され、その存在は上層部を除いて隠匿《いんとく》されている。監視中のアイシャ族が移動の気配を見せたら、ただちに威嚇《いかく》のために雪原の侵入経路である凍ったレーエ河近辺を爆破する予定だった。

あの青い小さな塊《かたまり》は脅威であり、希望でもある。

エリカ・シュタイナーは悪意を持って新型火薬を作ったわけではない。そして、最も悪意のない無垢《むく》な姫君だけに、そのすべてを伝えた。

「天才、か……」

冷えきった石壁の廊下を歩きながら、ふと思う。

火薬の母であったエリカ・シュタイナーとは、どんな女性だったのだろう。

リーザの話では、だれからも慕われるような人物に違いないと想像できる。

稀代《きたい》の天才と呼ばれた彼女の目には、どんな未来が見えていたのだろう。

無抵抗な若い女性が、爆弾を軍事目的で利用しようとした隣国の内通者に殺害されるなんて。

エリカ博士の無念を思うと言葉もない。

若くて未来ある女性の命を奪い、その研究成果を盗んでレアルデに売った下衆《げす》を許さない。その下衆《げす》の雇い主であるレアルデもまた、決して許せない。

「おやっさん！　おはようございます！」

廊下で会う部下たちが次々に声をかけてくる。どの顔も、いつもどおり明るく頼もしい。

「おう、おはよう！」

私は笑みを浮かべ、挨拶《あいさつ》を返した。

「あ、閣下、あの銀の鎧《よろい》を出しておきましたよ」

私と似たようなぼさぼさ頭の将官が、笑顔で声をかけてくれた。

彼の言う鎧《よろい》は、いわゆる将軍の正装のこと。

「おう、ありがとう。でも、なんだ、やっぱりあれは派手かな。派手だよな」

「似合いますよ、閣下は男前だし」

そんなこと言われると、身の置きどころがない。

「何を照れてるんですか、気持ち悪い」

部下はそう言って、私を残して去っていった。

このざっくりとした『将軍閣下』への態度、本当に落ち着く。虚飾《きょしょく》に満ちた王宮で『氷将様』なんて呼ばれてちやほやされているより、百倍心地いいのだ。つまるところ、私は骨の髄《ずい》までこのド田舎《いなか》のおっさんなのだろう。

最大の危機に直面し、この街を愛しているんだな、と改めて実感する。

「……愚か者どもに負けられんな」

氷将レオンハルト・ローゼンベルクが任されたのは、この国境の街の守護。

のんびりした気性だけが取り柄の唐変木《とうへんぼく》だが、その任は命にかえても果たしてみせよう。

ローゼンベルクと王都の中間地ファルマ平原に、北方駐留軍の一個師団も駐屯《ちゅうとん》している。今日の昼には、彼らはローゼンベルクに合流するという。

先のアイシャ族の爆発事故の一報を受けたジュリアス陛下が、即時、派遣を命じてくださったのだ。きっと、貴族たちは『軍に無駄な予算を投じるべきではない』と反対しただろうに。

陛下の英断に心から敬意を表したい。

今、アイシャ族、および隣国レアルデの侵攻が、刻一刻と迫っている。

北方駐留軍が合流してくれれば、どれほど心強いか。

「ん？」

ふと振り返ると、柱の陰からリーザがこちらをうかがってている。

愛する妻は、子犬を抱いたままブンブンと手を振ってくれた。

ああ、可愛いやつだなと、私は思わず笑ってしまった。

本当に、リーザの何もかもが愛らしくて心が和む。あの明るさに救われていると実感する。

私は弱い者を守りたい。リーザを守りたい。リーザの知識を、彼女が望むように、平和のために役立たせてやりたい。

私は妻に声をかけた。

「寒いだろう、リーザ。部屋に戻りなさい」


「閣下、北方駐留軍の総指揮官殿がまいられました」

部下の声に顔を上げると、かつてから慣れ親しんだ友人・フォルカーが目の前にいた。カルター王国の中将の位を授かる、自分より四つ年上の恰幅《かっぷく》のいい男だ。

彼と肩を抱き合い、拳《こぶし》を押し付け再会を喜び合う。

「まいりました。ローゼンベルクは寒いですね、閣下」

「ああ。遠くまでご苦労だった」

「一万人連れてきました。三日くらいは滞在できそうですかね」

「なんとかなる。ヘルマン、投宿先と食料を調達してくれ」

私の言葉と同時に、背後に控えていたヘルマンがうなずいて部屋を出ていった。

「私たち北方駐留軍も野営の準備はしてきたが、どうしても寒くてね……」

国境砦《こっきょうとりで》には、三千の兵を収容する余地がある。あとの七千は街の宿と野営で回すしかないが、暖を取るための火種や薪の補給も必要だ。結論から言えば、『冬に戦争などするものではない』。アイシャ族も、天幕での野営でうんざりしている頃合いだろう……

「ああ、そうだ、閣下。ご結婚おめでとうございます」

真っ青な目を細め、フォルカー中将が言った。

「あなたが結婚なさるとは思っていなかった。リーザ姫には一度お会いしたことがあるが、大変な美人だった記憶があります。閣下は果報者ですね」

「ああ。ありがとう。リーザには、後ほど皆の慰問に回ってもらおう」

そう言うと、フォルカー中将が破顔してうなずいた。

「それはありがたい。兵士からはこの寒さでの野営に不満が出ていますから、ぜひお願いします。ジュリアス陛下の妹君直々にお声かけいただければ、喜ぶことでしょう。あの方は英明な君主です。亡きお父上と同じ、いや、それ以上に」

ジュリアス様は、貴族からの評価は高くないが、軍閥からの評判はいい。

彼は北方の守りを固めるために予算を多く割《さ》き、レアルデとの外交を破綻《はたん》させぬよう、うまく舵《かじ》取りをしている。その政治手腕は、かなりの評価を得ている。

「派手な迎撃戦で、カルターの軍事的優位を見せつけようとはね。我らだって手をこまねいているばかりではないと知らしめねば！　よくぞご英断なさいました、レオンハルト閣下」

「英断でもなんでもない、ほかに手がないんだ」

「何をおっしゃられる。私は知らせを受け取った日から、気が昂《たかぶ》って仕方ないというのに」

「褒めても飯くらいしか出せんぞ」

「またそんなことを……さ、あまり時間がない。おそらく明日あたりに来ますよ。いくら慣れているとはいえ、アイシャ族も寒さの限界でしょう」

私は斥候《せっこう》用に覗き穴を設けた壁から、外の様子をうかがった。

「閣下、数は？」

「五千前後かな……レアルデの将兵が合流しているかもしれない」

フォルカーが、青い目でちらりと私を見、そのままじっと河向こうを見据《みす》えた。

「なるほど……河が完全に凍ってますね。数の利、地の利はこちらにあるとはいえ、どこから渡って来るかわからないのが痛い。融氷《ゆうひょう》剤は足りてるんですか？　凍った河を崩さなければ」

「ああ、そのことで話がある」

リーザの爆弾のことを告げるべく、私は矢傷でつぶれかけたフォルカーの耳に唇を寄せる。

「我々はとある武器を入手したんだ……」

第九章

今朝は、とても晴れている。

昨日、北方駐留軍の皆様が旦那様の砦《とりで》にお見えになったのだ。そこで兵の皆様を集め、激励の場が設けられることになった。わたしも王妹、そしてローゼンベルク侯妃としてそこへ参加することになった。

「さ、これからリーザ姫様からのご挨拶《あいさつ》がある。整列！」

フォルカー中将の一声で、人々がすっと背筋を伸ばす。

わたしは、一斉に自分に向けられた視線に身をすくめてしまう。

正直に言って、怖かった。

白銀の中庭で、黒っぽい軍服姿の人々が立ち並ぶ様は圧巻。すさまじい迫力だ。王宮で貴族の皆様に挨拶《あいさつ》するのとは、全然違う。汗がにじむ手で、重たいスカートをぎゅっと握りしめた。

この服は、ローゼンベルクの領主夫人の正装。いつも着ているフワフワの軽い服と全然違う。

さっきアルマさんが砦《とりで》に来て「さ、奥様、長い距離を苦労して来てくださった北方駐留軍の皆様を、慰問してさしあげてくださいませ」と、着つけてくれたものだ。

黒い上着に、硬い黒のスカート。頭には黒い毛織の冠《かんむり》のようなものをかぶされている。

服の縁取りには赤と緑と白の糸で精緻《せいち》な刺繍《ししゅう》が施され、腰帯には黄色い花が縫《ぬ》いつけられている。

いつもの明るい色合いの娘装束とは違う、どっしりと重々しく風格のある衣装だ。

大丈夫だろうか。この衣装に、着られてしまっていないだろうか……

「リーザ様、ここに控えているのは、北方駐留軍の将兵たちです。寒い中を行軍してまいりました。どうぞ、労《ねぎら》いのお言葉をかけてやってくださいませ」

フォルカー中将に言われて、わたしは緊張を隠してうなずいた。

わたしは背筋を伸ばし、立ち並ぶ人々の前まで進んで深々と頭を下げた。

「皆様、レオンハルト・ローゼンベルクの妻、リーザです。寒い中、我がカルター王国のためにお力添えくださって、ありがとうございます」

軍人さんは貴族のようにはおしゃべりをしない。無言で注がれる視線に、とても緊張する。

「キャン！」

鳴き声に驚いて足元を見ると、シュネーがわたしを見上げてしっぽを振っていた。

何人かの軍人さんが、笑いを我慢するかのように眉根を寄せる。

この子、ついてきてしまったんだ。焦ると同時に、シュネーの無邪気な姿を見て緊張がほぐれた。

そうだ、心をこめて思いのたけを話そう。

軍人さんの厳しい顔つきを見ていると、お兄様のことを思い出す。この国を背負おうと必死な、愛するお兄様を。

彼らも同じなんだ。暖かいお屋敷で、毎日宴を開いて暮らす貴族の人たちとは、違う。

本当に国のために身を粉にして働いてくださっている。そう、このローゼンベルク国境砦《こっきょうとりで》の皆様のように。

お兄様も、きっと彼らに心から感謝していることだろう。

お兄様は、軍閥への予算を増やそうと、いつも貴族たちと議論なさっていた。軍や国防にお金を使いたくない貴族に、国の守りを固める時代が来たと言い続けていたお兄様。

正しかったのは、お兄様のほうではないか。これまでずっと軽視されていた国境警備軍や北方駐留軍。しかし彼らの力がなければ、この国に広がろうとしている災厄は消し止められない。

彼らは、平和を守るため、つらく苦しい訓練を積み重ねてきた人々だ。

王妹リーザは、国王ジュリアスと意思をともにする存在。

そう思い定めたら、心が落ち着いた。

――わたしは、きちんと彼らに礼を尽くし、彼らの力になると誓おう。

お兄様がいつも口癖のようにおっしゃっていたではないか。永遠の平和などありえない。平和はみんなで力を振り絞って守るものなのだって。エリカ博士がくださった希望の灯《ともしび》を、平和を壊す武器になどしない。カルターをほかの国に踏みにじらせたりしない。

わたしは精一杯胸を張り、再び口を開いた。

「わたしは王宮育ちで、このように皆様とお会いするのははじめてです。しかし、これからはずっとご一緒させていただきます。わたしのこれからの人生は、ローゼンベルクの国境警備軍、北方駐留軍の皆様とともにあります。わたしも兄と同じく、この国を守るために魂《たましい》をささげます」

傍《かたわ》らで驚いたようにわたしを見る旦那様に背を向けて、フォルカー中将に一礼する。

「フォルカー中将、どうぞ未熟なわたしめをお導きくださいませ」

「……身に余るお言葉、光栄でございます、リーザ夫人。こちらこそ、よしなに」

先ほど『リーザ姫様』と言った彼が、呼び方を変えてくれた。

嬉しくなって、わたしは彼にほほえみかける。中将に一礼し、ほかの方にも挨拶《あいさつ》する。

「寒い中、ありがとうございます」

「本当です、寒すぎます。けど、もう気にしていません。あなたの話を聞いて、気が引き締まりました。国王陛下と王妹殿下に栄光あれ」

若い将校の一人が、そう言って笑ってくれた。

◆

レヴォントリの極北にある、氷神《ひょうしん》の御坐《ぎょざ》――氷神《ひょうしん》をまつる最高位の聖域。

ミラドナは、質素な石の台座の前に跪《ひざまず》いて、ひたすら祈り続けていた。

氷神《ひょうしん》の意志は常に一つ。永劫の凍土のごとく変わらぬ平和を、世界にもたらすこと。

ミラドナはその意思を実現するために、巫女《みこ》として選ばれた存在だった。だが彼女は今、はじめて己の願いを氷神《ひょうしん》に届けようとしている。

人の身でありながら、偉大なる氷の神に声を届けるなど、許されざる不遜《ふそん》。

それはミラドナ自身、だれよりも理解している。

神の怒りを買うかもしれない。それでも、祈らずにはいられなかった。

ミラドナは十三のとき、ローゼンベルクの領主になるべく育てられた一人の男に激しい恋をした。

彼を愛し、彼だけを見て、彼の愛するローゼンベルクで暮らした日々。あの時期は、彼女の幸福そのものだった。

ミラドナの宝はすべて、遠きローゼンベルクにある。

夫の愛した街、夫の授けてくれた子どもたち。

彼女は、祈りながら深く息を吐き出す。今でも、夫への愛と彼を失った悲しみは消えない。

「氷神《ひょうしん》様、どうぞローゼンベルクをお守りくださいませ」

答えぬ神に、ミラドナは祈り続けた。

今、カルター王国への侵攻の足掛かりとして、北限の国境が突破されようとしている。

狙いは王女リーザ。本物の新型火薬の製法を知り、それを使いこなすことのできる唯一の娘だ。

「神に言葉を届けんとする愚《ぐ》を、どうかお許しください」

氷神《ひょうしん》の御坐《ぎょざ》に、疲れ果てた女の声が吸いこまれてゆく。

「どうかレオンハルトをお守りくださいませ。今の私は、知恵のないただの母親にございます」

御坐《ぎょざ》に叩きつけられる雪礫《ゆきつぶて》の音がますます大きくなる。極北の氷嵐が激しさを増し、唸《うな》り声をあげて伸び上った。

「レオン……」

組んだ手を額《ひたい》に押し付け、ミラドナはつぶやいた。

「いくつになっても息子は息子。母の泣きどころは、人には余る重荷を背負わされた、気の優しいあなたなのですよ、レオン。本当に……無事でいてちょうだい……」

氷嵐の猛《たけ》り狂う声が、そのすごみを増す。

その瞬間、人には知覚できぬ絶対的な存在が、その凍えたまなざしを南の街、ローゼンベルクへ向けたのが、ミラドナにはわかった。

分厚い鉛色《なまり》の雲が極北の大地の上に広がっていく。吹雪雲《ふぶき》が大氷原をゆっくりと覆いだした。

◆

「わああ！　旦那様ー」

ド派手な鎧《よろい》を着た私を見て、リーザがチョコチョコと走ってきた。

彼女は今日も、分厚く重たい「領主夫人の正装」を身に着けている。砦《とりで》の庭で野営をしている兵士たちに声をかけたり、差し入れをしたりしていた様子だ。

緊張の続く日々だが、思った以上にリーザが献身的で驚いている。昨日の兵士を労《ねぎら》う演説にも。

リーザがあれほどまでにしっかりした話をすると思っていなかったから……

レヴォントリの巫女《みこ》による催眠暗示が解除された今、リーザは嫁《とつ》いできた当初とは別人のようにはっきりとした目をしている。その上前よりも活発に、明るい娘になっていて、最高に可愛い。

とろとろしていたのも可愛かったけれど、利発なリーザが可愛すぎて身悶《みもだ》えしそうだ。

「旦那様ぁぁ！　素敵ぃぃ！」

リーザの声に、増援部隊のみんなが笑い声をあげる。

「こら！」

慌てて叱りつけたけれど、リーザは心の底から嬉しそうに私を見上げていた。

傍《かたわ》らにはヴィルヘルム君も腕組みをして立っている。

国境警備軍の制服を身にまとってはいるが……イイ男だ。私はこの鎧姿《よろいすがた》が恥ずかしい。

「氷将閣下だぁ……きらきらしていて氷の化身《けしん》みたいです、ねえ、ヴィル！」

「ああ。素晴らしいお姿だ」

二人で……褒め殺しだと？

「こら！　そういうの、この年ではもう恥ずかしいんだ。やめなさい」

「すごい！　かっこいいです！」

「いや、私はもうおじさんだから。とにかくやめなさい」

みんなが、年甲斐《としがい》もなくド派手な恰好をした私の姿を、口を開けて見ている。

後悔した。いくら目立って『さあ俺が的《まと》だ！　遠慮なく狙え！』と知らしめるためとはいえ、さすがにおっさんがキラキラの鎧《よろい》など……

「はぁ……」

羞恥心《しゅうちしん》との戦いを終えて、私はため息をついた。やはり変に目立つのは嫌だ。

そのとき、晴れ渡っていた空に、灰色の雲が流れてくるのが見えた。この季節、北から吹雪雲《ふぶきぐも》が流れてくることは珍しくないのだが、あまりにも急な天気の変化だった。

国境砦勤《こっきょうとりでづと》めのみんなも、驚いたように空を見ている。

「吹雪《ふぶき》が来るぞ」

「皆さん、急いで馬とそり犬を屋根の下に繋いでください。吹雪《ふぶき》が来ます、かなり激しそうです！」

にわかに、砦《とりで》の中庭が慌ただしくなる。私は慌てて見晴らし台へ走り、大氷原の目と鼻の先で陣営をかまえるアイシャ族の様子をうかがった。

「体格の違う人間たちがまじってますね」

私を追ってきたヴィルヘルム君が言う。レアルデの将校もあの中にまざっているのは間違いない。

猛吹雪《もうふぶき》の中の野営は、氷原に暮らしたことのない人間には無理だ。

おそらく、吹雪《ふぶき》が来る前に彼らは攻めてくるだろう。思わず舌打ちする。

「ちっ」

「どうなさいましたの、旦那様」

目を丸くしたリーザと、事態を理解しているらしいヴィルヘルム君に私は言った。

「河の爆破を急ぐ。吹雪《ふぶき》が来そうだ、迎撃の準備に切りかえよう。リーザ、レーエ河の起爆の準備にすぐに取りかかってくれ」

リーザはきょとんとした表情を引き締め、しっかりとうなずいた。

「はい！　ヘルマンさんと支度してきます。えっと、十分でできます。爆破は二十分後！」

リーザと子犬が、チョコチョコと爆弾の準備へ向かうのを見送る。そして改めて氷原の遥《はる》か彼方《かなた》に陣を広げる、アイシャ族の大軍に目をやった。

動いてきている。たしかに、こちらに向かって。

歯を食いしばり、私は砦中《とりで》に響かんばかりに、大声を張り上げる。

「フォルカー中将！」

「心得ております！　アイシャ族の移動は確認済み！　二十分後に大砲の照準内に入ります！」

私の大声に負けじと、近くにいるらしい中将の馬鹿でかい声が返ってきた。

「ううう、ううう……凍っちゃうぅぅ」

耳当てをつけ、首巻をし、帽子、外套《がいとう》をまとい着ぶくれたリーザがつぶやく。

そこへ、レーエ河の氷の底、あらかじめ決めておいた地点に爆弾を埋め終えたヘルマンが、全力疾走でレーエの河辺に並び立つ私たちのもとに戻ってきた。

「みんな、指示した場所より先には進むな！　これより作戦を開始する！」

一斉に応《こた》える兵を振り返り、みんなが爆破の余波が届かないとされる線まで下がるのを見届ける。

ギラギラ輝く鎧《よろい》の継ぎ目から忍びこむ寒さに、思わず身震いした。

ほんのわずかな時間で吹雪《ふぶき》はその激しさを増し、大氷原に白い礫《つぶて》が叩きつけられている。

アイシャやレアルデの兵もまた、同じ寒さを味わっているはずだ。

「えーん、寒いですぅ。あと五分で起爆ですぅ」

「だから砦《とりで》にいろと言ったのに。あのなぁ、お前はこっちの気候に慣れていないんだから」

「わたしも皆様と戦うのです」

「いや、別にそこまでせんでも、お前はいつもよくやってくれて……」

「あ、旦那様。やっぱりその鎧《よろい》、カッコいいですね。えへ」

唐突に話を変えられ、私は動転する。

「え？　いや、そうでもないだろう、派手すぎないか？」

「あぁ、カッコいいなぁ」

「そ、そうかな」

単純に嬉しくなってきた。だんだん調子に乗りはじめているな。自分でわかるぞ。

「はい！」

「そ、そうか」

鼻の下を伸ばしていると、部下に声をかけられた。

「閣下、敵影が近づいてまいりました」

地平線の彼方《かなた》に、大群……少なくともここに現れるには多すぎる敵が、姿を見せた。もうすぐ国境に到達するだろう。

みんなで、声もなくアイシャ族の襲来を見守っていた。

河が完全に凍りついている今、侵入を完全に防ぐ壁はない。

氷結したレーエ河を爆破することで、うまくアイシャ族を退散させられればいいのだが。

「威嚇《いかく》はうまくいくでしょうか。アイシャ族の軍も新型火薬の爆弾を持っていたら……」

「大丈夫です」

ヘルマンの言葉を、リーザがさえぎった。

「攻めこまれる前に足止めできます。一度事故を起こしている彼らは、砲撃をためらっているはずです。きっと彼らも気づいています。彼らの火薬の設計で作った弾は、砲撃時の射出の衝撃には耐えられない。手投げ弾くらいしか準備できなかったのではないでしょうか」

リーザの言葉が、託宣《たくせん》の巫女《みこ》の言葉のように耳に届いた。

そばにいた兵士たちが驚いてこちらを振り返るが、リーザは頓着した様子を見せない。赤紫色の美しい瞳で、河向こうをぎゅっと睨《にら》みつけている。

「リーザ」

「エリカ博士がみんなにあげたかったものは、武器じゃない。平和なんです、旦那様！」

愛らしい声は、確信に満ちていた。

ありし日のエリカ・シュタイナーを知る数少ない人物。かの天才が後事を託した唯一の『弟子』の瞳は、爆弾を仕掛けたレーエ河をひたと見据《みす》えている。

「レアルデに盗まれた製法は、『ニセの製法』。エリカ博士は、爆弾を人殺しの道具にしないために、考え抜かれておいででした。レアルデがアイシャ族に渡したあの火薬は、砲撃には使えない、強い衝撃に耐えられない型のもの。博士はやっぱりすごいな。さすが、お兄様が……した人ですね」

「えっ？」

リーザの言葉の後半は、ほとんど聞こえないほどの小さな声になっていた。しかし、なんとなくもう一度聞くのははばかられて、私は口をつぐんだ。

不安は尽きぬが、今はリーザを信用するしかない。

吹雪《ふぶき》はその強さを増してゆき、視界を奪いはじめている。

「もうじきですね」

ヘルマンが銀の瞳に険しい光を浮かべ、レーエ河を睨《にら》んだ。彼の手の中にある不恰好な砂時計から、砂が落ちきろうとしている。リーザの作った『爆発までの時間を測る時計』だ。

「あと少しです」

ヘルマンの言葉に、フォルカー中尉が太い腕を組んで、重々しい声音でつぶやいた。

「新型火薬の爆弾か。陛下がカルター王立大学からそんなものを入手なさっていたとはな。軍事上の一大事ではないか。もっと早くに、我らにお知らせくだされぱいいものを……」

カルター王国は平和ボケしている、一刻も早い軍備の増強を図るべきだと主張し続けたせいで、貴族院から北部の一師団を任される形で左遷されたフォルカー中将。彼は軍の増強に心砕くジュリアスに私淑《ししゅく》している。

ジュリアスの即位当初、フォルカーは「なよなよした小僧に国の舵《かじ》取りなど笑止千万」と言い放ち、不満を隠そうともしなかった。

今では、王妹リーザを妻に迎えた自分同様、だれよりも国王寄りの武人だと言ってよい。

——正しいものには正しい評価を。自分の過ちは即時撤回を。

フォルカーを一流の将校たらしめているのは、何よりも彼のその態度だ。

「陛下とこの国は我らがお守りする」

フォルカーの言葉が、鉛《なまり》色の空に力強く響いた。

北方駐屯軍の駐屯《ちゅうとん》地からローゼンベルクまでの北上には、莫大な費用がかかる。

この遠征が無駄に終わった場合、王都の貴族たちから突き上げを食らうのはフォルカーだ。

にもかかわらず、彼は正しく状況を把握して、自らの責任で大隊を指揮して連れてきてくれた。

それだけの統率力、決断力を持つ一級の武人から信頼される王に、ジュリアス様は成長しているのだ。妾腹《しょうふく》の生まれであることに対しての皮肉も中傷も受け流してきたジュリアス様。彼は麗《うるわ》しい笑顔の下で、それだけの力と実績を培《つちか》ってきた。

「お兄様……大丈夫かな」

ぽつりとリーザがつぶやいた。

その瞬間、爆破時間を計測していたヘルマンが、『お前の声こそ爆破音じゃないのか』と突っ込みたくなるほどの大声を張り上げた。

「全員耳を塞げ！」

あらかじめの指示どおり、大隊長たちが「耳を塞げ！」と後方へ号令をかける。

慌てて腕を上げて思いきり耳を押さえた瞬間――

なんだろう。なんといっていいのかわからない。こんな光景を見るのははじめてで、表現するのが難しい。

――レーエ河を覆っていた大量の氷が、内臓をねじり上げるような轟音《ごうおん》とともに粉砕され、霧の壁のごとく噴き上がった。

◆

アイシャ族と合流したレアルデの将校は、ギリ、と奥歯を噛《か》みしめる。

レアルデ本国から支給された新型爆弾は、何度改善を施して犠牲者を出しても、砲撃に耐えられないままだった。かくなる上は、狩り用の投石道具で、手投げ弾程度の小さな爆弾を投げこむしかない。ローゼンベルク国境砦《こっきょうとりで》にギリギリまで近づき、少しでも多くの爆弾を投げ入れる。そのあと、破壊された国境砦《こっきょうとりで》にレアルデ・アイシャ族連合が攻めこみ、リーザ王女を奪取する計画だ。

「行け！　急げ！　吹雪《ふぶき》雲に追いつかれる前に突破するぞ、投擲《とうてき》用意！」

そのとき――氷結し、道になっていたはずのレーエ河が、粉塵《ふんじん》を上げて砕け散った。

「うわあああああ！」

「神の怒りだあああああ！」

突如轟音《ごうおん》とともに巻き起こった氷嵐に、アイシャ族の兵たちが一斉に進撃をやめる。

あまりの寒さに朦朧《もうろう》としていたレアルデの将兵は、彼らの声で我に返る。「浮き足立つな！」と号令したが時すでに遅し。

「なんだ、あの威力は！　私たちの入手した新型火薬には、あれほどの威力は……」

レアルデの総司令官は、あたりを見回して喚いた。

「あの河で起きた爆発はなんだ！」

部下がぱくぱくと口を開けているが、何も聞こえない。

爆音で耳がつぶれたのだと、将校は一瞬遅れて気づいた。

――レアルデ・アイシャ連合の攻撃で総崩れになるはずだったローゼンベルクは、揺るぎもしない。その一方で、なぜか有利であった己側が危機に瀕している。

巻き上がった粉塵《ふんじん》がだんだんと鎮まってゆく。音のない雪原に呆然と立ち尽くす将校の目に、純銀《じゅんぎん》の鎧《よろい》をまとった男の姿が映った。

「レオンハルト・ローゼンベルク……！」

アイシャ族は、彼を唐変木《とうへんぼく》だの、弱気な将だのと揶揄《やゆ》していた。

しかし、敵襲を前にひるんだ様子も見せず、巨大な槍を手に国境警備軍の先頭に立つその姿は、そんな愚かな存在には断じて見えない。

将軍である彼が、敵の軍勢の矢面《やおもて》に身をさらす理由はただ一つ。

氷将レオンハルトには、レアルデ・アイシャ連合軍に討たれない自信があるのだ。

「……っ！」

将校は唇を噛《か》んだ。

認めたくない事実が心に突き刺さる。──我らは、レオンハルト・ローゼンベルクの計略にはまり、敗北する定めなのだ、と。

新型火薬の後継者であるリーザ王女は、目と鼻の先にいる。それなのに、しっぽを巻いて逃げ出さねばならない。

「ド田舎《いなか》の愚民《ぐみん》どもめが、調子づきおって……ッ！」

負け犬の遠吠えは、近づく雪嵐の音にかき消された。

将校は目を見張る。すさまじい吹雪《ふぶき》が、彼に襲いかかったのだ。

白い悪魔が牙《きば》を剥《む》き、彼の全身を呑みこんだ。

◆

身がまえていた私は、ようやく体から力を抜いた。

「閣下、アイシャ軍が退却してゆく模様！」

ヘルマンの一声に、私の傍《かたわ》らにいるフォルカー中将は鼻を鳴らす。

「寄せ集めの軍勢だったな。この寒さではどのみち、数時間と持つまい……猛吹雪《もうふぶき》の恵みに感謝だな。指示どおり、国境砦《こっきょうとりで》より監視を続けよ！」

フォルカーの言葉に、北方駐留軍の将校が敬礼する。

「一個小隊はレオンハルト閣下の指揮下に入り、西のレアルデ国境線の監視を支援せよ」

「畏《かしこ》まりました！　フォルカー閣下」

フォルカーが満足したようにうなずき、冗談めかして付け加える。

「少々、残念ではありますな。我らの精鋭が剣を振るう機会を与えられなかったことが」

日に焼けた顔を綻《ほころ》ばせ、フォルカー中将がリーザに明るい声で告げた。

「奥様のおっしゃるとおりになりましたね」

「はい！」

私の腕にしがみついていたリーザが、元気よく言う。

「フォルカー殿。ローゼンベルクの国境砦《こっきょうとりで》は絶対大丈夫です」

……あああ、カワイイ……！　リーザが可愛い！

しかし落ち着け。威厳だ、威厳を保たねば。母と亡き父に『ここぞというときは、口を開いてはいけない。お前は口を開くと残念なタチなのだから！』と口を酸っぱくして言われたことを思い出す。

私はリーザの頭を抱き寄せ、フォルカーに言葉をかけた。

「アイシャ族が完全に引っこむまで、中将の隊の兵をどれだけ残してもらえるのかな」

「三割。私の腹心を二名残します。あの爆発を見たアイシャ族は、レーエ河を渡ることを躊躇《ちゅうちょ》するはず」

明瞭《めいりょう》な答えがフォルカー中将から返ってくる。

「しかし彼ら、この吹雪《ふぶき》では本拠地に戻れないかもしれませんね。全滅する可能性もあります」

「ウーン……いきなり天気が変わったからな」

「まさに神の恵みですな。最高のときに吹雪《ふぶき》雲が来てくれた」

私はフォルカーの言葉にうなずき、引き潮《しお》のように退却してゆくアイシャ族を腕を組んで見送った。

あいつらは、生き延びる気がする。そして、延々とちょっかいを出してくる予感があるのだ。

彼らを根気よくいなし、ときにはお灸《きゅう》をすえ、この国境を『大きな争いのない、人の暮らせる』状態に舵《かじ》取りし続けるのが、自分の役目。長い期間、氷に閉ざされるローゼンベルクをひたすら開墾し、蛮族の襲撃に備え続ける生活は、根本的には変わらないだろう。

だが、それでいい。大きな名誉も武勲《ぶくん》もいらない。

私はリーザを、この街を守り抜く。そして夏でも溶けることのない山々の万年雪のように静かにこの地にあって、先祖たち同様、ここに骨を埋めたい。

「いやぁ、閣下はいつも落ち着いておられるな」

そう言って、傍《かたわ》らのフォルカーが破顔した。私もつられて笑う。

ぐしゃぐしゃに氷の割れたレーエ河を見渡し、私はフォルカーに答えた。

「それしか取り柄がないんだ。俺が錯乱《さくらん》しはじめたら、いよいよ危ないと思ってくれ」

一瞬表情が緩みかけたのを敏感に見て取ったのだろう。フォルカーが咳払いをして言った。

「我らは、閣下が頼りですぞ。若い美人の奥方も迎えられましたし、がんばってくださいよ」

「さ、奥方の美貌《びぼう》に鼻の下を伸ばしている場合ではございません。ローゼンベルクの街には、レアルデの間諜《かんちょう》が潜りこんでいるはずです。警邏《けいら》隊を増強して、洗い出しなさらねば。私は吹雪《ふぶき》がやみ次第、駐屯《ちゅうとん》地まで急いで軍隊を返さねばならない。これから会議三昧《ざんまい》です。閣下のお嫌いな、そして私も大嫌いな、ね。おお、なんて吹雪《ふぶき》だ。寒い、寒い……」

レアルデは、わたしの作り出した爆弾の威力を目にして、あっさりと兵を引いた。わたしをさらうことも、とりあえずはあきらめたようだ。

そのあと、レアルデは『はじめからカルターに攻めこむ気なんか、ありませんでした』と言わんばかりの態度を見せている。わたしはその態度に少なからず怒りを覚えた。だが、戦争にならなくてよかったのだ、と思い直した。

次に攻めこんでくるとしても、他の国々が、レアルデのカルター侵攻をやすやすとは許さないだろう。他国も、完成した新型火薬はのどから手が出るほど欲しいはず。レアルデの動きを強く牽制する国も、きっと現れる。

レアルデはもはや、迂闊《うかつ》には動けない立場になったに違いない。

それから、レアルデに利用されたアイシャ族。彼らは未完成の爆弾を押し付けられて甚大《じんだい》な被害を受けたことに激怒し、レアルデに一泡噴かせると息巻いているという噂だ。

レアルデとアイシャ族が協力体制を取ることは、今後ないだろう。カルター挟撃の最大の協力者であるアイシャ族の信頼を、レアルデは失ったのだ。

旦那様は『しばらく、様子を見よう』とおっしゃっただけだった。でも、わたしに見えないところで旦那様が活発に動いていらっしゃることは、忙しそうなご様子からよくわかる。

こうして、国境の街ローゼンベルクに平和が戻ったのだ……


旦那様に貫かれたまま、わたしは腕の中の愛しい頭をぎゅっと抱え寄せた。

こんなに心から穏やかに抱き合えるのは、記憶を取り戻して以降、初めてかもしれない。

ピッタリと肌を合わせ、隙間なく抱き合ったまま、わたし達は幾度も口づけを交わし合った。

旦那様に、こうやって力強く抱きしめられるのはすごく好き。

ああ、それに汗に濡《ぬ》れた旦那様の髪の毛に触れるのも好き。

ざらざらの無精髭の浮いた頬で頬ずりされるのも、少し痛いけれど好き。

わたしの肌を滑る旦那様の指先も、耳元で乱れてゆく吐息も、好き。

旦那様の欲情を感じること全部が、たまらなく好きだ……。

わたしは、旦那様のぬくもりの心地よさに身を委ね、そっと旦那様の名を呼んだ。

「だんな……さま……ぁ……」

わたしの肩に、旦那様がそっと口づけをした。

たったそれだけのことで、わたしの体はびくりと震え、視界までもがうるんでくる。

旦那様が優しい笑みを浮かべ、少しだけ抱擁《ほうよう》をゆるめた。

「リーザ、ここに、自分で触れてみてごらん」

わたしの指を優しく握った旦那様が、そのまま、揺れるわたしの乳房にその指を導いた。

柔らかな大きな胸が、わたしの手のひらの中で弾む。わたしは、思わず涙目になった。

なぜ旦那様はこの胸をお気に召してしまわれたのだろう。

「う……胸、大きいの、恥ずかしいの……」

「私は全く気にしない。その美しい指で、こう、摘んでいるところを見せてくれるかな」

「いや……っ、は、恥ずかし……」

わたしは涙ぐみながらも、旦那様の仰るとおりにしてしまう。

体の奥を突き上げられる快感に固くなりはじめた胸の尖端をつまみ、旦那様から目をそらして、小さな声で言った。

自分でするなんて恥ずかしいけれど、旦那様にされていると思えば……

「こ、こうですか」

「まあ、そんなものかな」

旦那様は、愛し合っているとき、いつもちょっとだけ意地悪なことをなさる。でもわたしは、旦那様のそういうところが、たまらなく好きだ。

「リーザ……」

旦那様の声が、不意に低くなる。胸を揉むわたしのお尻をぐいと乱暴に掴み、わたしの首筋に顔をうずめて、旦那様が囁《ささや》いた。

「お前に、こういう真似をさせていると、興奮してくる」

「あ……！」

強い欲望を宿した旦那様の声に、わたしの体の奥が、きゅっ、と締まった。

「……っ、いや……っ、あ、っ、ああ、やぁ、っ、深い……っ」

体をゆるゆると揺すられ、わたしは快楽をこらえきれずにのけぞった。

熱しきった膣内を何度も擦られ、体がどうしようもなく疼《うず》きはじめる。

旦那様がわたしの腰を、そっと抱いてくださった。

たくましい体のぬくもりに、焦らすような低い声に、わたしの体は敏感に反応する。

「お前は、ここも好きなんだったな」

わたしの腰を抱いていない方の腕を伸ばし、旦那様がわたしの濡《ぬ》れた茂みの奥に指を滑り込ませた。

「あっ、駄目……っ」

腰を浮かしかけたわたしを戒《いまし》めたまま、旦那様がわたしの鋭敏な部分をゆっくりと弄《もてあそ》ぶ。

熱い雫《しずく》が、わたしの体の奥からにじみはじめた。

「ああ……旦那様、ゆ、び、ダメぇ……ッ、あ、あ……」

「そんな声を、私以外には聞かせるなよ」

わたしの濡《ぬ》れた内壁が、熱く硬いもので容赦なく突き上げられた。

旦那様のものに、わたしの柔らかな襞《ひだ》が絡みついてゆくのが分かる。

わたしは、旦那様に裸の胸を押し付け、あられもない声を上げてすがりついた。

「や、やぁ……やっぱり、大き……っ、ふぁ……っ……」

胸の尖端が旦那様の体で擦り上げられ、ツンと硬く尖《とが》りだす。

どこもかしこも気持ちよくされて、体中燃え上がりそうだ。

「リーザ……あまり私を煽《あお》るな」

旦那様がわたしを抱え直し、更にわたしの足をぐいと開かせた。

ますます旦那様に密着する姿勢になり、旦那様を咥《くわ》え込んだわたしの秘部がひくひくと震える。

「あ、っ、煽《あお》って……ない……っ、ん、あっ」

だんだん、制御が効かなくなってきた。快楽の極《きわ》みに上り詰めていく前触れのように、体に力が入らなくなる。旦那様の首筋に頭を擦りつけ、わたしは半ば泣き声で、旦那様に訴えた。

「ひぃ……っ、あっ、あ、っ、これ……いいっ、あああ……っ」

わたしの敏感な陰芽に触れるように体を動かし、旦那様がぎゅっとわたしを抱きしめる。

胸の尖端を擦られ、足の間の快楽の芽を擦られ、とめどなく蜜《みつ》が溢れだした。

わたしは汗ばんだ旦那様の体にしがみつき、体のわななきを必死に抑える。

旦那様に耳を甘く噛まれ、何度も髪や首筋にくちづけをされ、わたしは必死に旦那様に訴えた。

「だんな、さまぁ……っ、も、だめぇ……」

「かわいい……な、お前は……」

旦那様が、絞りだすような声でつぶやいた。

「もっと泣かせたくなる」

わたしの腰を抱いた旦那様の片腕に、ますます力がこもった。

旦那様と密着すればするほど、わたしの胸は鼓動を速める。

目の前がチカチカしはじめた。淫らなくちゅくちゅという音が、ますます激しさを増す。

「んっ、ふ……っ、好き、旦那様、好き……っ」

わたしの声に応《こた》えるように、旦那様の物が、体の中でますます硬くなった。

「今の、もう一度言ってくれ」

「す、っ……あ、あっ、す、き……んっ……」

音を立てて、体の奥をかき回されて、わたしはあられもなく腰を動かしてしまった。

恥ずかしいけれど、どうしても止められない。わたしの体が、旦那様を貪《むさぼ》りたいと叫んでいる。

わたしは、わたしを何に変えても守ってくださると約束してくださった旦那様が、誰よりも好き。

「リーザ……」

「ん、あ、くふ、っ……」

快楽の涙で頬を濡《ぬ》らしたわたしの唇が、旦那様の唇で塞がれた。

舌先を絡め合いながら、わたしは思った。

旦那様に、好きってちゃんと言いたい。

「ん、ふ……ちょっと、今だけ、やめ……」

そう言ってわたしは、旦那様のくちづけと抱擁《ほうよう》を解こうとした。

けれど、旦那様はわたしの体を離してくださらない。

「止められるものか」

旦那様の水色の目が、いつになく強い熱を宿して、わたしを映している。

「こんなに夢中にさせられて、止められるわけがないだろう……」

旦那様に再び情熱的に抱擁《ほうよう》され、わたしは広い背中にしがみつきながら、必死で言葉を紡いだ。

「あ、あの、わたし、旦那様を……あ、愛してる……」

わたしの言葉に、旦那様が驚いたように腕の力をゆるめ、体を離した。

「リーザ……」

照れくさくて、わたしはそっと旦那様から目をそらす。

愛している、というのは、重みのある言葉だ。いつ口にしても、むず痒いような恥ずかしいような、それでいて誇らしい不思議な気持ちにさせられる。

わたしは旦那様に顔を見られないよう、広い肩に顔を押し付け、もう一度同じ言葉を繰り返した。

「あ、愛して、ます、から……、え⁉ ん、ふ……」

突然噛《か》みつくような勢いでくちづけをされ、わたしは驚きの声を上げてしまった。

わたしから唇を離した旦那様が、乱暴なくらいにわたしに頬ずりをし、精悍《せいかん》な顔に鮮やかな笑みを浮かべておっしゃった。

「私もだ」

そう言った旦那様の笑顔には、曇りひとつなかった。

瞳に浮かぶ光も、唇に浮かぶ優しい笑みも、全てが幸福に満たされているように見える。

ああ、旦那様は今、わたしと同じ気持ちでいてくださるんだ……

わたしの目に不意に涙がにじんだ。

甘く、心が満たされた涙が。

「リーザ！」

旦那様が笑顔で、じゃれつくようにわたしに覆いかぶさる。

「リーザ、私も愛しているぞ。噂の『爆弾姫』を押し付けられたときは、こんな気持ちになるなんて思いもしなかった。こんなにお前に惚れる日がくるとはな！」

わたしは旦那様の無精髭のくすぐったさに、思わず笑い声を立てた。

旦那様の唇が、胸にもおへその辺りにも降ってくる。

じゃれあいながら、わたし達はいつしか、はじめの頃よりももっと密着して、二度と離れまいとするかのように固く抱き合っていた。

舌を絡め合い、鼓動を確かめ合い、肌を擦りつけ合う。

大きく足を開かされ、旦那様のもので体の奥を突き上げられて、わたしは敷布を握りしめた。

なんとかやり過ごそうとしたけれど、激しい快感の波は去らない。

ますます体の芯が甘くしびれだす。

「はぁ……ん、んっ……、っ、あ……っ、ひ、あぁっ」

こんなふうに激しくされたら、あっという間に達してしまいそう。

わたしはびくびくと内壁を痙攣《けいれん》させながら、旦那様の首筋に抱きついた。

もう、だめ……。

「んあ、っ、だんなさ、まぁ……ッ」

「リーザ……っ、すまん、我慢できない」

熱さと硬さを増した旦那様のものに、がつがつと音を立てんばかりに突き上げられる。

わたしは快楽の涙で顔をびっしょり濡《ぬ》らしながら、必死に旦那様にすがりついた。

「やあぁぁっ、あっ、あ……っ、あぁぁ……んっ、ぅ……」

不意に、わたしの唇が、旦那様の唇で塞がれた。

ああ、この口づけは、本当に気持ちいい……

陶酔の涙を流したわたしの体の奥に、旦那様が熱い精を吐き出したのがわかった。

わたしは絶頂の余韻に体を震わせながら、めくるめく奔流《ほんりゅう》に流されて目を閉じた。

旦那様の汗とわたしの汗が交じり合い、熱を帯びた肌を滑り落ちる。

これまでに感じたことがないほどに満ち足りた気持ちで、わたしはつぶやく。

「旦那様、好き」

どんなに旦那様を愛しているか、旦那様が飽きるまで毎日言ってあげたい。

ああ、この方がわたしの旦那様。

わたしの未来は、ずっとこの方と共にあるんだ。この氷の大地で、わたしはこの方の傍《かたわ》らで生きてゆく。この街のために、カルターの平和のために、この方と一緒に暮らしていけるんだ……

「あっ！　お兄様たちがいらしたわ！」

双眼鏡で港から続く道を眺めていたわたしは、犬ぞりの一団を見つけて喜びの声をあげた。

アイシャ族とレアルデが兵を引いてから半月。王都から、お兄様が直々に視察にいらしたのだ。国境の変事を放っておけないという名目だけれど、本当はわたしの様子を見にいらっしゃるのだと思う。

わたしの傍《かたわ》らで腕組みをしていたヴィルが、ボソリと言った。

「なぁ、リーザ。俺は今後は陛下に合流し、王都に戻る。お前のお守《も》りもここまでだ」

当たり前のように言われ、わたしは一瞬言葉を失う。ヴィルがいてくれたおかげで、わたしはずいぶん安心して過ごせていたのだな、と今更ながら気づいた。

「リーザ。最後に聞くけどさ、お前、ここで暮らせて幸せか？」

ヴィルが、いつもの無表情で尋ねてきた。わたしは、力強くうなずく。

「ええ、幸せよ。わたしは旦那様を愛してる。旦那様とここで生きていくわ」

わたしの答えに、ヴィルがほほえんだ。ヴィルの笑顔を久しぶりに見る。鮮やかなその笑顔に、なぜかわたしは強く胸を打たれた。

「そうか。ならいい。たまには手紙を書いてやるから、読めよ」

「うん、待ってるわ」

「あの……結婚おめでとう、リーザ。素晴らしい方に嫁《とつ》げて、よかったな」

そう言って、ヴィルがわたしに背を向ける。

驚きがじわじわと喜びに変わっていくのを感じ、わたしは慌ててヴィルの背中を追いかけた。

「はじめて『おめでとう』って言ってくれたわね。ありがとう、ヴィル」

「いいから、行くぞ。もう、陛下の一団が大門に到着なさる」

ヴィルはいつものそっけない表情に戻っていた。

二人で物見の塔の階段を下りる途中、足を引きずって階段を上ってくるセルマさんと鉢合わせた。

まだ足の怪我が治っていないのに、無表情なのは変わらない。

「リーザ様。ジュリアス様がお着きになりましたので、お迎えにまいりました」

「ありがとう、セルマさん。休んでいていいのに。足は大丈夫なの？」

「大丈夫です」

ツンとすました顔でセルマさんが答えた。それから、おぼつかない足取りで階段を下りはじめる。

「失礼、巫女《みこ》殿。その足でこの階段は……私が下まで運びましょうか」

ヴィルの申し出に、セルマさんが冷たい表情で振り返った。それからふん、と鼻を鳴らしてうなずく。セルマさんの小さな布の靴には血がにじみはじめていた。

砦《とりで》の下に到着すると、近衛《このえ》隊に囲まれたお兄様が、わたしに気づいて顔を上げた。

お兄様の黄金の髪が、黒い衣装に包まれた痩《や》せた体が、涙でにじむ。

「リーザ！」

お兄様に呼ばれ、わたしは凍った地面の上をヨロヨロと進んだ。お兄様も頼りない足取りで、わたしに向かって駆け寄ってくる。

「お兄様！　お兄様ぁ……」

あふれ出した涙が、冷たい風で凍りつく。

ああ、わたしはお兄様に何を言えばいいんだろう。胸がいっぱいで、言葉が何も出てこない。

わたしは腕を伸ばし、愛するお兄様に力いっぱい抱きついた。

「報告は受けている。すまなかった、リーザ、お前の大事な記憶を封じろと頼んだのは私だ。レオンハルトに無理に嫁《とつ》がせたのも、全部、私が勝手に……」

お兄様の声がかすれた。わたしは首を振り、もう一度力強くお兄様に抱きついた。

「いいの、お兄様、お会いできて嬉しい。わたし、お兄様にお会いしたかった」

お兄様の首元に、細い鎖が見えた。エリカ博士のつけていたネックレスだ。

わたしはお兄様と、そばに寄り添っているに違いないエリカ博士の魂《たましい》に、精一杯笑いかけた。

「ねえ、寒かったでしょう。旦那様もお待ちよ。中に入りましょう」

「リーザの言うとおりです。ようこそおいでくださいました、陛下。お話は、砦《とりで》の中で」

不意に、背後で旦那様の声が響く。

わたしは涙でぐちゃぐちゃになった顔で、旦那様を振り返った。

「陛下、それに近衛《このえ》隊の方々も、ご足労おかけいたしました」

旦那様はいつもと変わらない穏やかな笑顔で、わたしとお兄様を見つめていた。

雪の白さを跳ね返して輝く銀の髪、氷の海にも似た水色の瞳。悠然《ゆうぜん》とした旦那様の姿が、わたしの目に飛びこんでくる。ローゼンベルクという土地の化身《けしん》のようなその姿を見ていたら、わたしの胸に、熱い想いがこみ上げてきた。

この北の大地とともにあり、ここに骨を埋めたいと常々おっしゃる旦那様。

わたしは旦那様のそばにいられて、本当に幸せだ。この方に愛されて、わたしの人生は花開いたのだから。

そうだ、久しぶりに会えたお兄様に、一番大事なことを伝えなければ。わたしは、エリカ博士の志《こころざし》まで死なせはしない。博士を、わたしの中で生かし続けてみせるつもりなんだって。

「お兄様、わたしはエリカ博士に教えてもらったことを、もう二度と忘れません。これからは、お兄様と博士が願われた、カルターの豊かな未来のために、博士とわたしの知識を使います」

わたしの言葉に、お兄様が目を見張る。血の気のなかったお顔に、ほんのりと赤みが差しはじめた。

「リーザ、お前……」

わたしは涙をぬぐい、笑顔でお兄様の細い腕を引いた。もう片方の手で、旦那様の腕にぎゅっと抱きつく。

「さ、お兄様、みんなで砦《とりで》にまいりましょう。リーザが手料理を振る舞ってさしあげますわ！」

恋人と引き裂かれ、隣国の王と政略結婚したリリーシャ。しかも夫のロイダーは、なぜかリリーシャを憎んでいた。彼に無理矢理抱かれるうちに、リリーシャの身体は官能に目覚めてしまう。戸惑い怯えるリリーシャだけれど、瞳に悲しみを宿したロイダーに、次第に心惹かれてしまい――
氷のような愛が淫らな本能を呼び覚ます、衝撃のエロティック・ラブストーリー。

定価：本体1200円＋税　　Illustration：大橋キッカ

君の細い足首には、
銀の鎖がよく映える

父王の命令で、とある貴族と結婚することになったオリヴィア。嫁ぎ先では、なぜか足を鎖で繋がれて生活することに？　自由も体も奪われたオリヴィアは、彼の手によって、みだらに開発されていき――貴公子様の歪んだ独占欲に振り回される、溺愛ロマンス！

定価：本体1200円+税　　Illustration：蔦森えん

お前の身も心も、火をつけてやる。

かつての苦い失恋が原因で、恋を捨てたピアノ講師のフローラ。そんな彼女はある日、生徒の身代わりとして参加した仮面舞踏会で、王子に見初められてしまう。身分差を理由に拒むフローラだけれど、彼は彼女を強引に囲い込み、身も心も奪って――？

情熱のシンデレラ・ストーリー！

定価：本体1200円+税　Illustration：八坂千鳥

「嬉しいですね。
さっそく色々してもよろしいんですか」

薬草園を営むメリッサのもとに、隣国の蛇王さまが休暇にやってきた！　たちまち彼と恋に落ちるメリッサ。だけど魔物の彼と結ばれるためには、一週間、身体を愛撫で慣らさなければならず――？
蛇王さまの夜の営みは、長さも濃度も想定外！
伝説の王と初心者妻の、とびきり甘～い蜜月生活！

定価：本体1200円＋税　　Illustration：瀧順子

常に醜《みにく》い仮面をつけて素顔を隠し、「恐怖の魔女」と恐れられているサフィージャ。ところが仮面を外して夜会に出たら、美貌の王太子に甘い言葉で迫られちゃった!?　純潔を守ろうとするサフィージャだけど、体は快楽に悶《もだ》えてしまい……
仕事ひとすじの宮廷魔女と金髪王太子の溺愛ラブストーリー！

定価：本体1200円+税　　Illustration：まりも

女だてらに騎士となり、侯爵位を継いでいるフランチェスカ。ある日、国境付近に偵察に出た彼女は、何者かの策略により、意識を失ってしまう。彼女を捕らえたのは、隣国フェデーレ公国の第二公子・アントーニオ。彼は夜毎フランを抱き、快楽の渦へと突き落とす。さらに、やっとの思いで脱出し、王都へ帰った彼女に命じられたのは、アントーニオへの輿入れだった——。狂おしいほどの執着に翻弄される、ドラマティックラブストーリー！

定価：本体1200円+税　　Illustration：瀧順子

龍華幻国《りゅうかげんこく》一の娼館の娘・白蓮《びゃくれん》は、男女の性感を高める特殊な術の使い手。その腕を買われ、皇帝・蒼龍の性的不能を治すため、彼や妃たちに術を施すことになる。だが、なぜか蒼龍は妃たちを差し置いて、白蓮の身体を求めるようになり——？
初心《うぶ》な娼館の娘と若き皇帝が織りなす異色の中華風ラブファンタジー！

定価：本体1200円+税　　Illustration：大橋キッカ

甘く淫らな Noche ノーチェ 恋物語

物わかりの悪い女には仕置きが必要だ

疑われたロイヤルウェディング

定価：本体1200円+税

著 佐倉紫《さくらゆかり》　イラスト 涼河《すずかわ》マコト

思い続けた初恋の王子との結婚が決まった、フィノー王国王女アンリエッタ。しかし初めての夜、別人のように変貌した王子オーランドは、愛を告げるアンリエッタを蔑み、激しく乱暴に彼女を抱く。愛する人の心ない行為に傷つきながらも、与えられる悦楽にアンリエッタの身体は淫らに疼いて……。一途な花嫁と秘密を抱えた王子との甘く濃密なドラマチックストーリー！

甘く淫らな魔法に翻弄されて…

旦那様は魔法使い

定価：本体1200円+税

著 なかゆんきなこ　イラスト 泉渼《いずみ》てーぬ

アニエスは、自然豊かな美しい島でパン屋を営んでいる。そんな彼女の旦那様は、なんと魔法使い！　優しくて頼りがいのある彼だけど、淫らな魔法で彼女を翻弄することも……。そんなある日、島にやってきた新しい領主様。彼はアニエスに一目惚れし、我がものにしようと罠をしかけてきて——!?　新婚夫婦のいちゃラブマジカルファンタジー！

詳しくは公式サイトにてご確認ください。

http://www.noche-books.com/

掲載サイトはこちらから！

栢野すばる（かやの すばる）
2011年より小説の執筆を開始。2015年に「氷将レオンハルトと押し付けられた王女様」で出版デビューに至る。趣味はドライブと現代アートめぐり。

イラスト：瀧順子

本書は、「ムーンライトノベルズ」（http://mnlt.syosetu.com/）に掲載されていたものを、改稿・加筆のうえ書籍化したものです。

氷将《ひょうしょう》レオンハルトと押《お》し付《つ》けられた王女様《おうじょさま》

栢野すばる（かやの すばる）

2015年8月31日初版発行

編集－見原汐音・宮田可南子
編集長－塙綾子
発行者－梶本雄介
発行所－株式会社アルファポリス
〒150-6005 東京都渋谷区恵比寿4-20-3 恵比寿ｶﾞｰﾃﾞﾝﾌﾟﾚｲｽﾀﾜｰ5F
TEL 03-6277-1601（営業） 03-6277-1602（編集）
URL http://www.alphapolis.co.jp/
発売元－株式会社星雲社
〒112-0012東京都文京区大塚3-21-10
TEL 03-3947-1021
装丁・本文イラスト－瀧順子
装丁デザイン－ansyyqdesign
印刷－大日本印刷株式会社

価格はカバーに表示されてあります。
落丁乱丁の場合はアルファポリスまでご連絡ください。
送料は小社負担でお取り替えします。
©Subaru Kayano 2015.Printed in Japan
ISBN978-4-434-20976-5 C0093